天
Borderless
下

古人的天平

透过传统戏曲看法律文化

下卷

郭 建 著

法律出版社 | LAW PRESS
北京

前言

戏剧是最大众化的艺术形式，从文明史起源开始，人类就习惯于观赏舞台上重现的经过了加工提纯的生活场景，体会舞台上角色的喜怒哀乐，从而释放自己的情感，并从戏剧讲述的故事中寄托自己的希望。

我国的传统戏剧是一个丰富的艺术宝库，有众多的剧种、剧目，有很多的脍炙人口的戏剧故事长久流传，更有很多的戏剧角色成为中国艺术的“形象代表”，被大众认同，成为中国文化的象征。

戏剧艺术和诗歌、笔记、小说不一样，它是一种需要多人参与创作、公开演出的的艺术形式,它不是只需作者单独创作就可以完成的作品。因此,戏剧创作受到的社会压力更大,不仅要考虑受众的接受程度,更需要遵守政府的法律管制,考虑合乎社会规范。换言之,戏剧创作的自由度要小于小说、诗歌等文艺形式。

戏剧可以从各种不同的角度来进行观赏,进行分析。从法律文化角度观察戏剧,相信对于绝大多数读者都会是一种新的体验。法律文化是指一个社会的法律体系,以及流行的法律观念,包括了思想家的理论、大众的法律知识以及大众的法律意识。

从法律文化的角度来观察戏剧,我们首先可以发现的是,戏剧的创作往往要受到法律的限制。比如元代是中国戏剧发展的重要时期,可是需要注意的是,“元曲”并不是在自由的环境下创作出来的,仅就《元史·刑法志》摘录的元代法律,就可以知道当时朝廷制定了专门的法条来管制戏剧创作。比如《大恶》类中有一条法令规定:“诸妄撰词曲,诬人以犯上恶言者,处死。”在创作中如果有被认为在诬陷人有“犯上”(侵犯朝廷)的“恶言”(坏话),创作者要被处死。《禁令》类中的一条法令,还禁止创作词曲进行政治性的讽刺:“诸乱制词曲为讥议者,流。”《禁令》类还有禁止民间学戏、表演的专门条文:“诸民间子弟,不务生业,辄于城市坊镇演唱词话,教习杂戏,聚众淫谑,并禁治之。”虽然这项禁令的效力值得怀疑,但至少表明官府有权对戏剧表演随时进行干涉。

以后明清的法律更进一步限制戏剧的创作。明太祖朱元璋亲自参与制定的《大明律·礼律》(1398 年正式颁布)专门设置一条“搬做杂剧”,规定:“凡乐人搬做杂剧戏文,不许装扮历代帝王后妃及先圣先贤、忠臣烈士神像,违者,杖一百。官民之家容令装扮者,与同罪。其神仙道扮及义夫节妇、孝子顺孙劝人为善者,不在禁限。”过了十三年后,永乐皇帝朱棣又颁布了一条“教民榜文”(特别法令):

> 一榜:为禁约事。该刑科署都给事中曹润等奏:“乞敕下法司:今后人民娼优装扮杂剧,除依律神仙道扮、义夫节妇、孝子顺孙、劝人为善、及欢乐太平者不禁外,但有亵渎帝王圣贤之词曲、驾头杂剧,非律所该载者,敢有收藏、传诵、印卖,一时拿赴法司究治。”永乐九年七月初一日奉圣旨:“但这等词曲,出榜后限他五日都要干净,将赴官烧毁了。敢有收藏的,全家杀了。”

从杖一百加重到“全家杀了”,这样残酷的威胁,应该足以影响当时作者们的创作心态,更会直接影响到戏剧的演出。

比如按照这一条,关于帝王将相的戏剧很容易触犯“亵渎”,也就很难登台演出。

明中期后这一残酷的法令不再施行,但明律的条文仍然有效。清军入关后,沿袭明律的规定。同时清朝又制定新的条例,严厉禁止夜间在广场演出戏剧,“城市乡村如有当街搭台悬灯唱演夜戏者,将为首之人照违制律杖一百,枷号一个月。不行查拏之地方保甲照不应重律杖八十,不实力奉行之文武各官,交部议处。若乡保人等有借端勒索者,照索诈例治罪”。

清朝统治者还认为戏曲艺术会对八旗人员产生巨大的腐蚀力量,因此还专门立法禁止八旗人员观看戏剧,“凡旗员赴戏园看戏者,照违制律杖一百。失察之该管上司交部议处”。连戏都不能看,自然也不准八旗人员学习戏剧,“凡旗人因贫糊口,登台卖艺,有玷旗籍者,连子孙一并销除旗档,毋庸治罪”。

元明清时代的这些限制戏剧创作演出的法律确实在朝代的中期以后往往视同具文,不过毕竟对戏剧的创作者形成一种政治压力。戏剧创作一般不敢脱离统治者提倡的主流意识形态,尤其是尽力避免对于本朝的政治人物、政治事件进行描述,尽可能地假托前代,或者演绎神鬼故事。

晚清开始,传统法制日益废弛,限制戏剧创作演出的法律规定完全形同虚设,由此迎来了戏剧创作的高峰。实际上我们现在能够看到的戏剧剧种、剧目,很大一部分是晚清民初时期的产物。很多剧目所涉及的主题,比如武将取代皇帝的薛家将反唐系列,包公以大铡刀诛杀权贵的包公戏,在原来的时代根本不可能有创作演出的机会。

从法律文化角度观察戏曲的另一个角度,是戏剧所反映的民间法律知识以及法律意识。中国古代的成文法律,其主体是朝廷统治意志的体现,更多考虑的是朝廷的利益。但同时中国古代法律对于家庭伦理关系的保护则非常突出,法律会无微不至地维护家长权力。戏剧故事反映的社会生活,往往自觉或不自觉地在反映法律的规范,以及法律实际实施的情况。从我们今天的角度来看,传统戏曲中有些不合理的甚至是荒诞的故事情节,往往就是当时法律的反映。观看戏剧的过程,也可以是感受中国传统法律知识的过程,由此熟悉和理解中国传统文化这一重要的组成部分。

更多的戏剧故事情节,反映了人们对于法律的看法。传统戏曲中有很多违背戏剧故事时代背景的情节,比如《陈州粜米》里出现的并行的“先斩后奏”权力,比如晚近时代的包公戏里的大铡刀。这里有的是当时民间无法实现的愿景,不过仔细鉴别的话,也会发现很多传统戏曲剧目里的法律观念,是在长期的演变过程中添加进去的,尤其是在戏剧大发展的晚清民国时代。发现这种“与时俱进”的步伐,也可以是观赏戏剧的乐趣之一。

本书就试图从法律文化角度来解析传统戏剧中一些著名的剧目。所谓的“著名”,是指当代还在演出的,有较大知名度。当然也不可能将所有的名剧“一网打尽”,本书主要是挑选一些戏剧情节中具有一些可供法律文化角度分析内容的剧目,大致以剧目故事形成的先后为序,一个剧目一节。读者可以按序阅读,也完全可以任意抽读。

祝愿诸位“开卷有趣”!

目录

CONTENTS

1. 孝子与仙女的传奇背后——《天仙配》

《天仙配》是一个历史悠久的传统剧目。孝子董永得到仙女帮助的故事，已经流传了近两千年。东汉桓帝建和元年（公元147年）修建的武梁祠（位于今山东嘉祥县境内）后壁壁画上，已有董永孝养父亲的画像，说明董永的孝行在当时已经非常出名。而董永和仙女的故事首次见于文字记载，是东汉时的曹植撰写的《灵芝篇》。东晋人干宝编撰的民间故事集《搜神记》，讲述了完整的董永行孝、得仙女帮助的故事，后世董永故事的轮廓由此形成。

不断衍变的故事

董永与仙女的故事在民间长期流传，形成了各种故事形式。比如在敦煌出土的唐代民间说唱艺术的底本“变文”，有

《董永变文》,专门讲述董永的故事。这篇“变文”还在《搜神记》中仙女帮助董永后即回天宫的基础上,进一步发展,讲述了董永与仙女的儿子寻找母亲的故事。明代人所编的一部载录宋元旧话本的小说集《清平山堂话本》,保存了一篇完整的宋元话本小说《董永遇仙传》。和《董永变文》一样,《董永遇仙传》将董永的儿子附会为西汉大儒董仲舒,增加了董仲舒寻母的故事,并且首次将董永所遇的仙女说明是“七仙女”。从此之后,明清以来的各种地方戏中,董永所遇的仙女都叫七仙女了。

明清以后,董永和仙女的故事被演绎为各种戏曲。有“挽歌”《槐阴记》,评讲《大孝记》,弹词《槐荫记》,楚剧《百日缘》,婺剧《槐荫树》,等等。而其中后来流传最广的就是黄梅戏《天仙配》。

董永故事原来是说董永为奉养父亲欠下巨额债务。曹植的《灵芝篇》里说:“董永遭家贫,父老财无遗。举假以供养,佣作致甘肥。责家填门至,不知何用归。天灵感至德,神女为秉机。”看来董永家先前也曾阔过,后来家道中落,父亲财产全部耗尽,董永为了奉养父亲,不仅自己奋身帮人做佣工,还欠下了大笔债务(“举”是指计算利息的借贷,“假”也就是“借”,是指不计算利息的借贷),当债主逼上门来,还不知道如何偿还。幸好他的孝行已经感动了上苍,派来仙女为他织绢还债。

《搜神记》里董永的故事更进了一步,他欠债的理由更加明确:是为了妥善安葬父亲,而且还卖身为奴来还债,“乃自卖为奴,以供丧事”。债主借给他一万铜钱,还允许他在父亲墓前守丧三年。服丧期满,董永在前往债主家受奴役的路上遇见了仙女。

在敦煌出土的《董永变文》里,基本情节与《搜神记》一样,也是说董永十五岁的时候父母先后去世,“家里贫穷无钱物,所买(卖)当身殡耶孃(爷娘)”。出卖自己换钱安葬父母。还有专门的中介“牙人”来交易,换得“百千强(镪)”。安葬父母三日后去主人家服役途中,遇到仙女。仙女感叹董永“擎身卻入残(贱)人行”,自愿与董永一起到主人家服役。

以后的有关董永的戏曲,都延续了这个最重要的情节。黄梅戏《天仙配》也是如此。七仙女在天庭感叹董永“卖身葬父去受苦,再回寒窑待何年”。董永自己也说:“我卖身傅家去为奴,怎能害你同受苦辛。”

“卖身为奴”的法律问题

世界上几乎所有的文明古国的法律,都曾规定如果债务人不能及时清偿债务,自己的人身就要任凭债权人处置、成为债权人的奴隶。最典型的如古罗马的《十二表法》(公元前5世纪)的规定:债权人可以拘捕到期不清偿的债务人,在每九日一次的集市日上将债务人牵到广场上,高声宣布法官判定的清偿额,如果在第三次带到广场上时仍没有人愿意为债务人清偿,或为债务人担保,债权人就可以把债务人卖到罗马城以外的地方为奴隶,或者把债务人杀死泄愤。如果有几个债权人时,还可以将那个倒霉的债务人砍成相应的几块,每人分得一块肢体。

但是,从现有的资料来看,中国古代的法律至少从秦汉时就禁止以人身担保债务。湖北云梦睡虎地出土的秦国(公元前3世纪)竹简,有一类《法律答问》,其中之一载明,禁止债务人提交人质为债务担保,提交人质的和接受人质的都要处以“赀二甲”的处罚。而按照司法惯例,凡强行向债务人索取人质的,要受“赀二甲”的处罚,被迫提供人质的债务人可以免罚。汉代的法律沿袭这个原则,禁止以债务人做奴婢来抵债,禁止“买良为贱”。

因此,在形成董永故事的时代,法律实际上是禁止因为债务“自卖为奴”的。

“役身折酬”的法律

然而,秦汉时法律禁止人质担保债务,同时又允许债务人为债权人服劳役来抵偿债务。湖北云梦睡虎地出土的秦国竹简,有一条《司空律》的律文,详细规定:如果有积欠官府债务的,就要约定日期传讯债务人,如债务人无法清偿,当天就要债务人开始服劳役抵债,每劳役一天,抵偿八钱,但如果是由官府提供饭食的,就只能算六钱。官府的伙食标准为男子每餐三分之一斗,女子四分之一斗。债务人也可以自己的奴婢、牛马来为官府服劳役抵债,不过如果债务人是工匠、商贾就不能找人代役。劳役抵债的债务人在官府服役期间和官府的奴隶一起工作,不得作为奴隶们的监工。服役的债务人只有在每年的播种、收获农忙季节可以回家二十天,处理家务。

东汉人王充在他的《论衡》里也曾提到穷人欠下官债只好以劳役抵偿。那么当时民间的债务很可能也是用这种方式来抵偿的。直到唐朝的法律仍然规定,如果债务人无法清偿债务,又没有什么财产可供抵偿,就应该“役身折酬”,以自己或家人的劳役来抵债。

因此,按照上述法律允许的“役身折酬”抵债方式来看,董永“卖身为奴”并非是真的为奴,应该是借下巨额债务而以自己的劳役来抵偿。按照《搜神记》的说法,董永借了一万铜钱,守丧三年后再到债主家服役抵偿。按照秦汉时期“信称之息”的算法,董永至少要偿还债务的两倍,也就是两万铜钱。要是没有仙女的帮助,按照秦代劳役抵偿官债一天六钱的标准,董永至少需要十年的时间才能还清这笔债务。故事中天帝派遣仙女下凡,帮助董永。债主要求仙女为他织一百匹缣(丝织品)偿债,仙女只用了十天就织完了这一百匹缣。按照彭信威先生《中国货币史》的资料,汉代缣价大约是每匹缣四百钱左右。董永欠债一万钱,连本带利折合为一百匹缣,扣除掉织缣的原料费用,织缣的劳务价值应该正好相当于原债务本利合计总额,大约也就是两万铜钱。

唐朝法律对于“役身折酬”的抵债方式,有一定的规范。唐朝法律规定,债务人还不起债务的,家里又没有可供扣押的财产的,债务人要到债主家劳役抵偿。唐朝法律还明确规定,“役,通取户内男口”,妇女不得到债主家干活抵债,这显然是为了防止发生对债务人女眷的人身侮辱伤害行为。因此按照唐朝法律,七仙女还真不能到债主家干活。

宋朝开始,历代法律不再允许债务人到债主家“役身折酬”、劳役抵债。明清时期的法律明确规定,如果债主“准折”(比照债务数额折算)债务人妻妾子女,处杖一百;强行夺取债务人子女的，要处杖七十，徒一年半；如果因债务而“奸占”妇女的，就要处绞监候（处绞刑、监禁等候当年朝廷秋审最终决定是否执行死刑）。所有被强夺的人口都归还原家庭，原来的债务全部一笔勾销。法律也严禁将平民出卖为奴婢，就是尊长也不得出卖子孙，这被当作“十恶”大罪中的“不睦”之罪，要判处徒二年。

形同具文的法律

尽管中国古代的法律似乎颇具人道精神，有维护债务人人身权利的意义，但是这些法律实际上在社会上很难得到贯彻。由于社会经济的不发达，普遍的贫困导致大量的债务无法清偿，只能以家庭成员的人身自由或者劳役来抵偿。

即使是在允许“役身折酬”的秦汉隋唐时期，绝大多数劳役抵债的债务人终身陷于劳役中，和奴婢没什么两样，所以习俗上都以奴婢视之。真正能够自己还清债务赎身的极为罕见，一般来说债务人只能终身沦为奴婢。董永故事是神话传说，历史上像他这样以劳役抵偿债务成功脱身的，只有极其少数的事例。

最著名“役身折酬”得以清偿债务，摆脱奴役回家的事例，是南朝刘宋时的孝子郭原平的故事。郭原平父亲去世后，他倾家荡产为父亲营葬,“自卖”给造坟的主人“为奴”。和董永一样,在守丧期满后去为“买主”服役,以劳役抵债。他和那户人家的奴婢一起劳动,学习造坟的技术,进步很快,在为主人服役之余,还为其他客户造坟,得到的报酬一部分奉养母亲,还能积聚若干,终于得以还清债务,“自赎”还家。后来陆续买下了父母坟前的耕地,目的是为父母坟墓不受外姓人的骚扰破坏,每年春耕季节,穿戴整齐,含泪在父母坟前耕种。

后来南齐时孝子吴达之几乎重复了郭原平的故事,他为了葬嫂,“自卖为奴”,为人营造坟墓,最后也得以自赎成功,恢复自由。

在不允许人身及劳役抵债的明清时期,民间仍然广泛流行卖子女抵债或者以劳役抵偿。为了规避法律,民间采用的手法有这样几种:一种是假立一张“义男”或“义女”的文书,算是将自己的子女出让给债主当养子或养女。这类文书一般都写上“终身使用,永不归宗,倘有不虞,系自己命”的文字。如此操作,一来规避了法律;二来又使抵债的子女和债主形成养父母和养子女的“名分”关系;若稍有反抗,债主打骂处罚也都不犯法,即使杀死养子女也不过是个徒刑罪名。实际上就是一张卖身为奴的文书。另一种是立一张雇工文书,雇工期限为五年以上。按照明清时的法律,雇工在五年以上的就与主人有“名分”关系，万一发生互相之间的侵害行为，双方的关系比照主奴关系确定。前述“婚书”（“义男”或“义女”的文书）和雇工文书都规定了身价，可是实际上这些身价往往不会实际交付，身价是用原来的债务抵销的。

由于实际生活中，卖子女抵债或者以劳役抵偿的现象普遍存在，因此《天仙配》里董永“卖身为奴”、作为妻子的仙女也为债主劳役的情节，能够被广大观众认同，并激发出同情与感叹，从而大大加强了这个剧目的感染力。同时，它讲的又是一个神话故事，也能够规避这一情节对于当时法律的触犯，得以长期的公开演出与流行。

2. 天人感应显奇迹——《窦娥冤》

中国传统戏曲中最著名的悲剧可以说是《窦娥冤》。这部名剧由元代作家关汉卿创作,剧目名称为杂剧《感天动地窦娥冤》。

历史悠久的悲剧

这部剧目的故事梗概是这样的:书生窦天章,因无力偿还蔡婆的债务,把七岁的女儿窦娥送给蔡婆当童养媳来抵债。窦娥长大后与蔡婆儿子成婚,婚后两年蔡子病死。后来蔡婆向赛卢医索债,被赛卢医骗至郊外企图谋害,正好被流氓张驴儿父子撞见。赛卢医受惊逃走,张驴儿父子强迫蔡婆与窦娥招他父子入赘,窦娥坚决反抗。张驴儿把毒药倒入"羊肚儿汤",原想毒死蔡婆,可以逼窦娥成婚。不料蔡婆将"羊肚儿汤”让给张驴儿的老子吃，把他老子毒死了。张驴儿即以“药死公公”为名告到官府。昏官桃杌横加迫害，窦娥怕蔡婆受不了刑讯，只好认罪。窦娥被冤杀前发愿：血溅丈二白练、伏天六月飘雪、楚州三年不雨。三件事全都应验。后来窦天章考取进士，官至肃政廉访使。窦娥鬼魂托梦向窦天章诉冤，窦天章查明事实，为窦娥昭雪冤案。

明代作家叶宪祖又将《感天动地窦娥冤》改编为传奇（由宋元南戏发展而来演唱南曲为主的戏曲种类）《金锁记》，清代秦腔、昆曲等剧种传演，改名《六月雪》。近代京剧一般也以《金锁记》为底本，剧名也叫《六月雪》，或者叫《斩窦娥》《羊肚汤》。1949 年后再由程砚秋先生改编，仍名《窦娥冤》。这也是现在主要的演出本。

现在的京剧《窦娥冤》演出本，故事基本情节仍然来自传奇《金锁记》、昆曲《六月雪》，与关汉卿的《感天动地窦娥冤》有所不同。说的故事是：秀才蔡昌宗上京赶考，蔡家有佣妇张氏，张氏的儿子张驴儿图谋霸占蔡昌宗的妻子窦娥，在伴随蔡昌宗上京赶考途中，将蔡昌宗推入淮河淹死。回家报称蔡昌宗失足落水而死。蔡母悲痛成病，想吃羊肚儿汤暖腹，张驴儿又在汤内暗放毒药企图谋害蔡母，不料羊肚儿汤误被张驴儿母亲吃下，当即身亡。张驴儿趁机讹诈，想强占窦娥，遭到拒绝后告到官府。县官用严刑逼供蔡母,窦娥不忍婆婆受苦,挺身含冤屈供,被判斩刑。行刑时正值六月,忽然天降大雪,县官惊惧异常。窦娥之父窦天章,身为八府巡按,来楚州一带巡查,因遇乡民替窦娥喊冤,随即将张驴儿抓来,问明了此案。但当他赶去搭救窦娥时,窦娥已被处死。

在原来的《金锁记》剧本中,结尾的悲剧色彩没有这般浓重,窦天章及时赶到,停止行刑,将案件重新审理,父女得以团聚。而昆曲及原来的京剧一般只演《探监》《法场》两折,故事并不完整。程砚秋的改编本是依照《感天动地窦娥冤》重新恢复悲剧面目。

窦娥代婆母顶罪

窦娥悲剧之所以能够感动千年以来无数的观众,很大程度上是因为她的自我牺牲精神,她不忍心婆母遭到刑讯毒打,自愿为婆母顶这个冤枉罪名。

关汉卿杂剧《感天动地窦娥冤》中,昏官桃杌逼窦娥认罪,以毒打蔡婆威胁,窦娥赶紧说:“住、住、住,休打我婆婆。情愿我招了罢,是我药死公公来。”窦娥唱词:“想人心不可欺,冤枉事天地知,争到头,竞到底,到如今待怎的?情愿认药杀公公,与了招罪。婆婆也,我若是不死呵,如何救得你?”

在京剧《窦娥冤》里，县官动用大刑，逼蔡婆招供。窦娥急上，“害死张妈妈之事，我婆婆实不知情，都是犯妇一人所为”。县官明知她是冤枉的，还是说：“罢了，老爷还真佩服你！教她画了供。”窦娥说：“慢来慢来，将我婆婆放了下来，我自然画供。”

中国古代极力提倡孝道，子孙晚辈为父祖长辈顶罪，或者是父祖长辈已被判刑时请求“代刑”（由自己代替长辈服刑）属于孝道中的一种，往往会因此得到朝廷司法部门的宽大处理。明初，山阳县有个百姓触犯杖刑，在行刑时，他的儿子哭泣请求顶替父亲受刑，朱元璋听说这事，说“朕为孝子屈法以激劝天下”，下令赦免。当时有很多这样的案例，明朝人祝允明在他的《野记》一书里曾说，明初凡是犯死罪而罪犯子孙晚辈请求“代刑”的，大多都会被朱元璋赦免，苏州一地，就有多起儿子代父、媳妇代公公等“代刑”被赦免案例。

在这样的法律文化背景下，窦娥顶罪受冤、并被处死，确实是冤上加冤。因此，关汉卿在《感天动地窦娥冤》中为窦娥设计的唱词极其悲愤：“没来由犯王法，不提防遭刑宪，叫声屈动地惊天！顷刻间游魂先赴森罗殿，怎不将天地也生埋怨？有日月朝暮悬，有鬼神掌著生死权，天地也，只合把清浊分辨，可怎生糊突了盗跖、颜渊？为善的受贫穷更命短，造恶的享富贵又寿延。天地也,做得个怕硬欺软,却原来也这般顺水推船。地也,你不分好歹何为地?天也,你错勘贤愚枉做天!哎,只落得两泪涟涟。”

天人感应的神话

窦娥冤案引发的一连串灵异事件中,三年大旱算是最“正常”的,因为这是中国古代社会普遍被接受的观念。

西汉时就已有冤案引发长期干旱的故事。东海郡(现在山东省东部地区)有个“于公”,他长期担任帮助郡守处理审判事务的“掾吏”,谨慎小心,经他承办的案件,被处罚的人都心服口服,从来不会记恨,被家乡人民尊称为“于公”。有一次东海郡出了一件疑案,有个孝妇,在自己丈夫死后依旧一心侍奉婆婆,不愿改嫁。婆婆很感动,对人说:“媳妇如此辛苦,我一个要死的人还要连累年轻人干什么?”婆婆就在一天夜里上吊自杀了。那户人家的姑娘一口咬定是孝妇逼死了婆婆,孝妇被抓起来,屈打成招,承认杀死婆婆的罪名。于公知道了这件案子,再三向郡守说明要平反这件冤案,郡守不听。于公只得抱着卷宗在郡守的门前痛哭一场,辞职回家。那个孝妇被处死后,东海郡连着三年遭到旱灾。于公说,这就是那个孝妇被冤杀的缘故了。他杀了一头牛,亲自到孝妇的坟前祭扫。

果然天降甘霖,旱情消除。全郡的人都对于公感激不尽,为他创立生祠纪念,号为“于公祠”。有一次于公家里的院墙门坏了,众乡邻纷纷前来帮忙修理,于公说:“请大家把大门修得高一点、阔一点,可以让达官贵人坐的高盖车通过。我一生办理诉讼事务都注意积下阴德,从来不曾冤枉人,子孙一定会有作到大官的。”果然后来他的儿子于定国官至丞相,封为西平侯;他的孙子于永后来也官至御史大夫。

按照战国时代流行的阴阳五行学说,司法审判属于“阴事”,在五行里对应的是“水”,相应的方位是北方。如果司法不公、冤案堆积,阴气郁结,天地间阴阳不能协调,就会阳气过盛,导致亢旱连连。后来作为朝廷正统官方哲学的儒家学说,在秦汉之间接受了大量的阴阳五行学的观念和术语,因此冤案会导致大旱的观念也就长久流传,成为对官府擅断、司法专制的一种潜在的制约。并形成了很多的制度,比如某地发生干旱,朝廷就要派员前往视察、主持各类大案的复审、平反冤案;每当暑热季节,上级要突击检查下属的司法审判。《窦娥冤》的故事,在这样的背景下就很“正常”了。

窦天章的官职

关汉卿在杂剧《感天动地窦娥冤》中,窦娥的父亲窦天章,在离开窦娥十六年后,官拜参知政事。“只因老夫廉能清正,节操坚刚,谢圣恩可怜,加老夫两淮提刑肃政廉访使之职,随处审囚刷卷,体察滥官污吏,容老夫先斩后奏。”

关汉卿描述的窦天章的官职,除了没有那个有权“先斩后奏”的“尚方宝剑”,其他都是非常的真实。

自从秦始皇以后,历代皇朝的基本政治格局都是在皇帝独揽大权之下,实行行政、军事、监察的“三权分立”。秦始皇确立了朝廷最高“三公”:管行政的丞相、管军事的太尉、管监察的御史大夫,分三条线分别执行行政、军事、监察政务。以后历代名称不同,但总是基本按这三条主线来设置官职部门,相互制约。

蒙古人入主中原后,逐步仿照汉族皇朝来建立统治。但开始的时候,统治者并没有注意到监察系统的重要性。后来汉族大臣何荣祖再三向元世祖忽必烈建议,强调中央监察机关对于地方政府进行监察的重要性。何荣祖深感元朝统治集团中有相当多的权势者出于军事征服、军事占领的惯性,经常实施竭泽而渔的政策,影响到政治的稳定。因此他向忽必烈上言:“按察司监临一道,其职在于除蠹弊、安定百姓,如果有不到位的情况,应该由朝廷中书省、御史台派出人员考核,这样才有益于治理。”意思就是实行监察机构直线领导、直接向皇帝报告的制度。

忽必烈对何荣祖的上言非常赞同。终于在至元二十八年(1291年),根据何荣祖的建议,忽必烈下达诏令,将派驻各地的提刑按察司改名为“肃政廉访司”,进一步强调这个机构的监察性质。划分全国为若干监察区“道”,每道设置肃政廉访司,八位肃政廉访使,两位肃政廉访使留在本司机关“总制一道”,其余六位分别巡行全道各府州县进行监察。有关的民政、财政事务,以及“官吏奸弊”,都由肃政廉访司全权负责,与本地的政府机关不发生统辖关系,直接向中央朝廷负责,年终由中央中书省、御史台派出官员对各道肃政廉访司进行考核。这样一来,元朝确立起全国性的纵向监察系统。元末明初的笔记《草木子》中记载,忽必烈后来对于这样的制度有深刻的体会,曾说:“(掌管行政的)中书省就好比朕的左手,(掌管军事的)枢密院就好比是朕的右手,而(掌管监察的)御史台就是朕医治这两只手的。”

元朝的肃政廉访使所到之处,有权复审任何案件,也有权对当地官吏进行行政处罚。在关汉卿的杂剧《感天动地窦娥冤》结尾,窦天章唱道:“从今后把金牌势剑从头摆,将滥官污吏都杀坏,与天子分忧,万民除害。”但是关汉卿也明白,窦天章只能平反冤案,判决一般的百姓,并不能判处昏官死刑。因此最后对一干人犯的发落是:“张驴儿毒杀亲爷,谋占寡妇,合拟凌迟,押付市曹中,钉上木驴,剐一百二十刀处死。升任州守桃杌并该房吏典,刑名违错,各杖一百,永不叙用。赛卢医不合赖钱,勒死平民;又不合修合毒药,致伤人命,发烟瘴地面,永远充军。”昏官桃杌只是被罢官、永远不得再做官。

而在程砚秋先生的剧本中,却直接赋予了窦天章诛杀官员的权力。京剧《窦娥冤》最后,窦天章训斥枉判窦娥的县官:“呀呀呸!想这为官之人,吃的百姓的钱粮,国家的俸禄,你就该与民伸冤的才是。怎么羊肚儿汤一案,问得不清不明,有罪之人逍遥法外,无罪之人斩首山阳,今日若不将你问斩,不知还要屈死多少好人。中军!将山阳县与张驴儿一齐择日问斩。”这虽然是大快人心的情节,只是完全不符合古代的法制。

3. 势剑金牌 PK 紫金锤——《陈州粜米》

众案由头的陈州放粮故事

包公在陈州赈灾放粮、诛杀贪官故事，是包公传奇中流传时间最长、影响最大的传奇故事之一。现在看到的最早的源头，是佚名作者编写的元杂剧《包待制陈州粜米》，明人《金丸记》传奇，也有相关的情节。出土的明成化刊本《说唱词话》中有《陈州粜米记》。明代作家安遇时编写的小说《包龙图判百家公案》[也称《龙图公案》《包龙图公案》等，目前见到最早的版本，是明万历二十二年(1594 年)朱仁斋与耕堂刊本]第七十三回“包拯断斩赵皇亲”描述的也是这个故事。并且这部小说将很多重要故事都安排在包公陈州粜米后连带发生。这个套路被后来很多的包公戏曲沿袭。晚清《三侠五义》小说第九至十五回,说的也是陈州放粮。近代戏曲中梨园戏有《陈州赈》,地方戏有吕剧《陈州放粮》、花鼓戏《陈州放粮》。京剧《打銮驾》等也由陈州粜米故事展开。1954 年还有京剧新编历史剧《陈州粜米》(又名《包龙图晚年除奸》)。

《陈州粜米》故事并不复杂。说的是陈州地方大旱连年,朝廷决议派出官员前往赈灾粜米。刘衙内向朝廷推荐自己的儿子刘得中和女婿杨金吾前往粜米,还请皇帝御赐"紫金锤",可以任意责打不听命官民。这两个贪官到了陈州,大秤收银,小斗粜米,贫民张别古愤与评理,竟被刘得中用紫金锤打死。张别古临终嘱儿子小别古往包公处诉冤。包公又被朝廷委派前来陈州监查赈灾情况,被授予"势剑金牌,先斩后闻"。包公微服先行,乔妆乞丐,并为妓女王粉莲牵驴,勘得实情,把在王粉莲处搜出的紫金锤交小别古,打死小衙内刘得中和杨金吾,正好这时刘衙内匆忙带着皇帝的赦书赶来,"赦活的,不赦死的",于是包公正好释放小别古。"今日个从公勘问,遣小别手报亲仇。方才见无私王法,留传与万古千秋。"

从宋代史料记载的包拯官职履历来看,包公并没有这段陈州粜米的经历。作为朝廷派出主管财政税收物资转运的官员,在 1046—1052 年,包拯先后担任过京东、陕西、河北三路转运使,并曾短暂担任河北都转运使。在保留下来的包拯文稿中，在这一段时期的文稿，都是本职事务之内，没有接受特别委派任务的记录。而唐宋时陈州辖境大致相当于今天的河南太康、西华、项城、商水、淮阳、沈丘地域，位于西淝河、颍河流域，地势低洼，历史上以水害频发著称，《陈州粜米》故事起因却是“连年亢旱”。由此看来，这个故事应该是元代不知名作者根据元代某些历史事件综合编写，故意混淆空间和时间概念，架到前朝包公头上，以避免政治风险。

制度性的“平籴”

在中国这样一个完全以单一粮食生产为主的农业国家，粮食的交易与控制具有头等重要意义。以至于有专门表示粮食买卖的汉字：“籴”，表示买入、收购粮食；“粜”，表示卖出、抛售粮食。

战国时期的政治家李悝已经阐述了国家应有的基本粮食购销政策，他称之为“平籴”。其主要精神是利用市场供求关系来控制粮价。国家应该注重粮食储备，并注意控制粮食价格。当市场粮价上涨时，政府应该将储备粮投放市场，以平抑粮价；相反，当市场粮价下跌时，政府应该适时收购余粮，以抬高粮价。

汉朝以后各代都依照李悝的建议，设立政府用以控制粮食市场的粮仓。古代政府管理的粮仓大致上可以分为两类,一类是散布于各基层政府的“义仓”,以救荒为目的,在征收田赋的时候按一定比例附加征收粮食入义仓,荒年时可以放粮赈灾。还有一类就是以平抑粮价为目的的“常平仓”,由政府拨资金设立,丰年收购余粮,荒年抛售。

北宋时期按“路”(州县之上的监察区划)设置常平仓,根据各路人口数量,从上供朝廷的“上供钱”里扣除两千贯至两万贯,作为常平仓运营资本,选择“清干官”来主持。每年夏秋收获季节,按照市场价略微加价收购余粮,防止粮价过低;每当荒年粮价上涨时则按照市场价略微降价抛售存粮,抑制粮价过高。总的原则是“所减不得过本钱”,也就是常平仓不能亏本。宋仁宗登基的前一年(1021年),全国各路常平仓收购余粮总数为“十八万三千余斛”,出售存粮总数为“二十四万三千余斛”。而到四十五年后的1066年,全国各路常平仓“入五十万一千四十八石,出四十七万一千一百五十七石”。如果包公确实有过陈州粜米的经历,就应该是在这个时间段内。

在《陈州粜米》杂剧形成的元代,也有同样的制度。忽必烈在至元六年(1269年)已下令在统治区域内设立常平仓和义仓。常平仓在各路设立,由政府收税的粮仓拨出部分余粮作为储备。义仓以乡村“社”为单位,也叫“社仓”,由农村头领“社长”主持。在元朝时期,灾荒发生时,朝廷总是宣布以“义仓”放粮赈灾;不足救灾的,再由政府的常平仓低价出售存粮。只是《元史·食货志》总结说:“行之既久,名存而实废。”

紫金锤与势剑金牌

“锤”是一种古代兵器,在手柄的头上有一个金属球体。古代往往作为仪仗类兵器陈列,实战使用不多。“紫金锤”应该就是这样一种镀金的仪仗兵器。皇帝在高兴的时候赐予臣下这样一件仪仗性兵器的可能性确实很大,可是在历史记载中从来没有将这样一件仪仗性兵器作为皇帝特派员权力身份象征的记载。《陈州粜米》中说,小衙内和杨金吾获得特别授权,“若陈州百姓刁顽呵,有敕赐紫金锤,打死勿论”,这只能是作者的想象了。

和紫金锤相比,“尚方宝剑”很早就深入人心,被认为是授予了决断权力的象征,一直到今天的汉语里,仍然保留这样的词义。“尚方”,是汉朝时专门为皇帝生产用品的作坊,因此皇帝赐予的宝剑就有“尚方宝剑”的称呼。《陈州粜米》里的“势剑”,就是这种“尚方宝剑”。“势”指的就是势力,代表皇帝权势。

尚方宝剑称呼起源于汉朝,不过实际上后来汉族皇朝的皇帝授予臣下代表皇帝本人权势的象征物件,往往并不是宝剑。比如魏晋时期,这种象征皇帝权力的物件是“斧钺”。而唐代一般是授予皇帝的“符节”,比如“节度使”之名就来源于他们拥有皇帝授予的符节。

倒是蒙古族的元代皇帝,习惯赐予臣下宝剑。比如在1216年携众投奔蒙古军的何实(原金朝官僚子弟),因与蒙古大将木华黎谈论军事问题,大得赞赏。木华黎向成吉思汗引见何实,成吉思汗很高兴,赐予“鞘剑”,委派何实跟随木华黎大军攻略中原,为先锋将。

1278年元世祖忽必烈授予张弘范为“蒙古、汉军都元帅”,率大军南下消灭南宋残余势力。张弘范推辞说:“从来没有汉人统率蒙古军的,请委派蒙古大臣为第一统帅。”忽必烈说这次就是要“委任专一”,还赐予张弘范锦衣、玉带,张弘范都推辞不受,请求赐予皇帝的宝剑盔甲。忽必烈要人排列自己武库中的宝剑盔甲,任凭张弘范挑选。并告诫张弘范:“这把宝剑,就是你的帮手,凡有不服从你命令的,就用这把宝剑处置!”张弘范有了这个权柄,全权指挥,顺利结束灭宋战争。宝剑和盔甲也成为张家的传家宝。

元世祖很信任道教,龙虎山学道出身的道士张留孙,1276

年跟随天师张宗演入朝时,得到元世祖的欣赏,被留在大都。过了几年元世祖的皇后得了重病,张留孙布置道场祈祷。元世祖梦见一位红衣长胡子的仙人,有甲士随从,在草丛里前行。元世祖梦醒后询问张留孙,张留孙说:“那个长胡子的红衣神仙,就是汉祖天师,在草丛里前行,就是春天的意思,皇后的病到春天肯定能痊愈。”元世祖非常高兴,想任命张留孙为天师,张留孙不敢当天师之名,于是元世祖下令张留孙为“上卿”,“命尚方铸宝剑以赐”,在上都和大都都建起崇真宫,由张留孙掌管。

“金牌”则并非是皇帝特赐的物件。在元朝,军官的级别以所挂腰牌为区别。凡是管军七千以上的“上万户府”,指挥官都有“虎符”(也叫“虎头牌”)。以下从管军五千的中万户府,到管军五百以上的中千户所,指挥官都悬挂“金牌”。金牌实际上是镀金的铜牌,有表明级别的字样。在元朝的制度中,并没有使用金牌作为皇帝特派员、代表皇帝直接处置政事的内容。

那么为什么在元杂剧中“势剑金牌”会普遍连用?想来原因也很简单,就像我们已经看到的那样,被赋予代表皇帝权力的,主要都是军事指挥官,很自然的带有金牌。民间也就习以为常的将“势剑”与“金牌”连称了。

不可能有并行的“先斩后奏”

《陈州粜米》一剧里两个最重要的道具,就是两个贪官拥有的敕赐紫金锤,和包公拥有的也是同样敕赐的“势剑金牌”。按照剧情,这两件皇帝敕赐的权力象征,都可以“先斩后奏”。难道古代官员真有这样“先斩后奏”的权力吗?

中国古代的政治常识之一,就是对于官员的生杀大权永远只能由皇帝一个人独掌。《韩非子》的《刑德》篇曾专门论述过这个问题。韩非在这篇名著中说:老虎之所以能够驯服走狗,就是因为老虎的爪子和牙齿厉害,如果老虎把自己的爪子和牙齿让给了走狗,老虎也就要反过来听命于走狗了。君主对付臣下的也就是依靠“刑”(杀戮)和“德”(奖赏)这两手,如果让臣下得到这两手,君主也就会听命于臣下了。他举例说齐国的田常经常为群臣请爵禄,在灾荒时又以大斗出、小斗进的办法邀买人心,齐国君主齐简公的“德”就此被田常篡夺,最终齐简公被田常杀死,齐国权力尽入田氏之手。宋国的大臣子罕对宋君说:“庆赏赐予是民众喜爱的事,请国君自己掌握;杀戮刑罚是民众讨厌的事,由我来掌握。”结果宋君就此丧失了“刑”,宋国的国君位子也就被子罕篡夺。

生杀大权要由皇帝独掌,绝对不能容许有一个官员对于其他官员拥有先斩后奏的权力,这样不仅会造成其他官员对于拥有这项权力官员的畏惧,从而逐渐篡夺皇帝的权力,也会造成统治者内部的矛盾,使得官吏集团风波四起。所以在汉高祖时就规定郎中一级以上的官员犯罪要请示皇帝后才能定罪处刑。以后这个范围逐渐扩大,汉以后历代法律都规定,凡官员犯罪都必须请示皇帝后才能处罚,从来没有不经过皇帝就可以诛杀官员的道理。尤其像《陈州粜米》这样,两个"先斩后奏"权力并行的时候,究竟谁先斩谁?不是要闹成官场内部火拼吗?

古代真正拥有部分"先斩后奏"权力的不是监察官,而是负有军事职责的指挥官。这种官员一般只是在战时状态下才会由皇帝派往战区,拥有战区军事指挥及行政、司法、人事等方面的全权,所谓"上马治军,下马治民"。如三国两晋南北朝时期的都督,唐代的节度使,宋代的安抚使,明清的巡抚、总督,等等。为了表示他们的特殊的权力,一般都要由皇帝赐予他们一些象征性的刑具或物件,来表示他们代表皇帝执掌生杀大权。不过这些军区指挥官能够"先斩后奏"的主要对象是敢于藐视权威的平民、不服从军令的士卒,但对于县级以上的官员,仍然只有罢官撤职、向朝廷报告并建议处置方式的权力。

因此,《陈州粜米》的故事,并不符合古代的法律传统,只是寄托民间愿景的戏剧家们的“一厢情愿”。那只是因为元代的腐败政治现实下,百姓希望能够有全权的文官来压制无恶不作的权贵势力。在其他朝代,这样的表达很可能会给作者及表演者带来政治迫害,好在元代的统治者没有那么“无微不至”地贯彻思想文化专制政策,才使得这样的剧目能够广泛流传。

4. 改命的善举——《山神庙裴度还带》

中国传统文化有一种无可奈何的宿命论，儒家经典《论语·颜渊》所谓“生死有命，富贵在天”。可是同时，中国传统文化却又强调“善有善报”，一个人做了善事，就可以得到改善命运的报应。《易传·文言传·坤文言》：“积善之家，必有余庆；积不善之家，必有余殃。”元代杂剧《山神庙裴度还带》，就说了一个行善事得以改命的故事。

归还遗失物后的奇迹

《山神庙裴度还带》的作者有两说，一说是剧作家关汉卿的作品，另一说是元末明初人贾仲明创作。

全剧故事并不复杂，讲的是一个唐代的故事。主人公裴度是世家大族出身，但是后来家道中落，父母双亡，家境贫寒，虽然可以得到姨妈和做生意的姨父王员外的照顾,但裴度心高气傲,几次相邀才肯上门,一言不合又扬长而去。白天在白马寺有惠明长老供他斋饭,夜晚就在一座破旧的山神庙里安歇。有一天白马寺来了一位道人赵野鹤,为裴度相面,“你看你冻饿纹入口,横死纹鬓角连眼。鱼尾相牵入太阴。游魂无宅死将临,下侵口角如烟雾,即目形躯入土深。可怜也! 你明日不过午,你一命掩泉土。明日巳时(大约合今上午十时)前后,你在那乱砖之下板僵身死”。裴度也不在乎,“按不住浩然之气,你看我登科甲便及第”。照旧回山神庙去睡觉。

此时有一位韩太守因廉洁为官,被国舅傅彬诬陷入狱,需要先交三千贯“还赃钱”才能够得到复审机会。韩夫人与女儿韩琼英拼凑家资得到一千贯,亲属乡邻捐助得到一千贯。这天听说朝廷采访使李邦彦来此地巡查,恰逢瑞雪,正在赏雪饮酒,韩琼英到酒会上卖诗并申诉冤情,得到李邦彦同情,赠送了价值三千贯的玉带相助。韩琼英回家途中进山神庙躲雪,为了保险特意将玉带放到草垫之下隐藏,结果临行时匆匆竟忘记取出。

裴度到山神庙睡觉,觉得草垫下有东西,取出了玉带。早上醒来,正好看到韩氏母女赶来,就躲到山神庙后观察。韩氏母女没有找到玉带,失声痛哭,觉得平反无望,打算就在山神庙里双双上吊。裴度赶紧现身,将玉带归还。正在裴度送韩氏母女出门之时,山神庙轰然倒塌,裴度得以逃脱横死厄运。

裴度又到白马寺讨斋觅食,赵野鹤一见大惊失色,说一夜过后,裴度的面相已经完全转变,“你看他那福禄纹眉梢侵鬓,阴骘纹耳根入口;富贵气色,四面齐起。裴秀才,你久后必然拜相位也”。惠明长老取出两锭银子资助裴度赴京赶考,果然高中状元。在游街夸官时被高楼彩球击中,立刻有媒人上前请“下马就亲”。裴度谎称已有妻室,此时抛绣球的韩琼英才出现,说明是皇帝赐婚。于是裴度与韩琼英结为夫妇。惠明长老也说明一直以来都是姨父暗中相助,包括赶考的那两锭银子,裴度与姨妈姨父和解,大团圆皆大欢喜。

这个剧目的主人公是真实的历史人物。裴度(765—839年),字中立,河东闻喜(今山西省闻喜县)人,是唐代中期杰出的政治家。他于唐德宗贞元五年(789 年)考中进士后开始做官,唐宪宗时累迁御史中丞。他在政治上大力支持唐宪宗的“削藩”政策,为此遭到藩镇势力的敌视,与宰相武元衡一起遇刺。结果,武元衡遇害,裴度头部也遭重伤。后来他代武元衡为宰相,拜门下侍郎、同平章事,继续推行平叛削藩。他曾亲自出征,督统诸将平定淮西之乱。后以功封晋国公,世称

“裴晋公”。在穆宗、敬宗、文宗三朝,裴度数度出镇拜相,执掌朝政达二十年。因辅佐唐宪宗实现所谓的“元和中兴”,他被时人比作郭子仪。

对“路不拾遗”的大力提倡

如果相信儒家《周礼》一书的说法,在西周时,凡拾到他人遗失物的,应该交到一个叫“朝士”的衙门去,由这个衙门公告十天,失主在十天内未去认领的,“大者公之,小者私之”,大的遗失物归国家所有,而小的遗失物归拾得人所有。这项法律可能延续到了秦汉时代。不过如果失主前来认领时,拾得人是否可以得到报酬?这单凭现有史料还难以判断。

然而在秦汉时期,社会上已经普遍认为“道不拾遗”是一个地方风俗优良、“教化大行”的主要标志。比如司马迁的《史记》中称颂春秋时郑国执政子产的事迹,说是子产执政三年,使得郑国“道不拾遗”。说商鞅变法后秦国大治,“山无盗贼,路不拾遗”。尤其是儒家的学说鄙视对于物质利益的追求,所谓“君子喻于义,小人喻于利”(《论语·里仁》),凡是孜孜追求物质利益的都被视为品德低下的“小人”。而有道德的君子即使是在获得物质利益的时候也是“见利思义”,能够从物质利益里发现礼教的大义。因此,统治的要诀是要设法

化解、诱导民间百姓的物质利益欲望,否则“上下交征利而国危矣!”(《孟子·梁惠王上》)

唐宋时代的法律就反映了这种舆论倾向,规定拾到遗失物的,必须在五日内上交当地官府,如果不交就是犯罪,要处以笞三十的刑罚。每迟交一天罪加一等,最高要处杖一百。官府收到上交来的遗失物,要公告一个月;如没有人来认领,再在各地的交通要道公布失物清单;半年(牲畜是一年)后还没有人来认领的,归官府所有。至于拾得人是否能够得到报酬则一概不提。元朝入主中原后的法律依然沿袭了这项法律。

因此在裴度生活的时代,以及在《山神庙裴度还带》剧目形成的时代,这样拾到遗失物交还原主,实在算不上一项美德,那实际上正是每个臣民的法律义务。如果他拒不交还玉带,韩琼英可以通过惠明长老确认裴度每夜在山神庙歇宿,以此向官府起诉,要求搜缴玉带,打裴度一百下屁股。所以剧中反复强调,裴度的善举不仅仅是拾得遗失物交还原主,而是他归还玉带的行为拯救了打算自杀的韩氏母女二人性命,间接的也拯救了在狱中命悬一线的韩太守韩延干的性命。赵野鹤也正是这样向惠明长老解释“这秀才必有活三四个人性命的阴骘”。

拾物还主就得善报

《山神庙裴度还带》的故事在后世长期流传,明代的戏曲中仍然保留有这个剧目,而小说《古今小说》(《喻世明言》)第九卷“裴晋公义还原配”,以小说形式重复了这个故事。

不过值得注意的是,同样是拾得遗失物归还原主的故事,在明代小说里,归还遗失物本身就构成了足以改变命运的善举。比如明初小说《清平山堂话本》卷三“阴骘积善”讲唐代林积拾得珍珠归还失主的故事,说失主找到林积,说“但只觅得一半归家,养赡老小,感戴恩德不尽”。林积不受,失主就将卖珠所得的一半钱为林积立生祠供养。《警世通言》第五卷“吕大郎还金完骨肉”,讲无锡人吕玉在陈留地方拾到一个装了二百两银子的青布褡膊,还给失主,从而找到了失散多年的儿子,救起了落水的弟弟,一家团聚。《古今小说》第二卷“陈御史巧勘金钗钿”起首,说一个卖油的小伙子金秀,在茅厕拾到了一包银子,遵母命寻找失主,不料被失主诬赖短少了银子,好在县官英明,将银子断给了金秀。

最为著名的是《醒世恒言》第十八卷“施润泽滩阙遇友”,说的是盛泽人施复由纺织专业户“机户”发家的故事。这个故事在过去一直是作为中国十七世纪江南市镇资本主义萌芽的典型事例而在历史学界受到高度重视。而小说本身却仍是一个拾金不昧而得到好报的故事,施复只因拾得他人遗失的六两多银子归还失主,从而积下阴德,逃过死难,诸事遂心,成为盛泽镇首富,寿至八十,无疾而终。

相反的是,从明代小说里反映的当时民间习俗来看,在当时人的观念里,好像拾到东西就可以归自己。比如上述《醒世恒言》第十八卷"施润泽滩阙遇友"里的施复,在刚拾到银子时的第一反应也是"今日好造化!拾得这些银子,正好将去凑做本钱",连忙包好,揣在肚兜里,一路想着怎么更好地用这笔银子来生利息。盘算着到接近家门口了,才忽地转过念头,想想那个掉了银子的人的苦处,转回去等候失主。又比如《醒世恒言》第十六卷"陆五汉硬留合色鞋"起首的故事,有个绰号"强得利"的,在街上与人争夺一个别人掉的兜肚,在众人劝解下,那人让步,说是将兜肚里的银子"分作三股:小人与强大哥各得一股,那一股送与列位做个利市,店中共饮三杯,以当酬劳"。另一部明末清初的小说《鼓掌绝尘》第一卷"嫖赌张大话下场头　仁慈杨员外大舍手"里也引一句当时的俗谚,叫作"见物不取,失之千里"。

而且当时民间的风俗是,即使失主前来认领,拾到的人仍然可以拿一半。比如上述《清平山堂话本》林积拾得珍珠归还失主,失主一定要与他对分珍珠。《醒世恒言》里描写,施复在等到失主后,失主感激不尽,“情愿与老哥各分一半”。上文说到的《古今小说》第二卷“陈御史巧勘金钗钿”起首,金秀去归还包裹,“众人都想道:‘拾得钱财巴不得瞒过了人,那曾见这个人倒去寻主儿还他?也是异事。’”都跟着起哄,对失主称:“依着道理,平半分也是应该的。”

朱元璋一改旧法

《山神庙裴度还带》救人命才是可以改变命运的善举,而明代小说里仅仅归还遗失物就足以改变命运,这种差别正是来自于明代法律与唐宋元时期法律的巨大差别。

明朝初年以朱元璋为代表的统治者,他们立法指导思想和正统的儒家思想是有差别的。朱元璋起自社会底层,知道在私有制的社会里,能够要求民众不偷不抢已是难事。他认为法律应该集中于惩治严重危害统治秩序的犯罪,用不着去管“小民细事”,教化民众可以从其他的途径入手。而且教化百姓的内容也应该集中在忠孝之类的“大是大非”问题上,至于小民是否应该遵守那“喻于义”的高标准、严要求,却认为不太现实,不再看重。因此才在这方面对唐宋元法律进行了重大的修正,不仅允许拾得遗失物的拾得人可以得到报酬,而且没有人认领遗失物的就可以收归己有。

朱元璋亲自参与制定的明代法典《大明律》，其中的《户律·钱债》明确规定：拾到遗失物，应该在五日内送官，违者处笞十下。但同时又规定，如果失主在官府公告的一个月内前来认领，应付给拾得人相当于原遗失物价值二分之一的报酬；超过一个月没有人前来认领，遗失物就归拾得人所有。

这个法律实际上完全颠倒了传统的立法原则，唐宋元的法律重点保护的是失主的权利，而明朝的法律却改为重点保护拾得人的权利。而且史无前例地规定拾得人可以获得报酬，报酬应该高达遗失物的一半价值，在没有人认领的情况下，还可以合法地获得遗失物的所有权。等于宣布所有人一旦丢失了财物，也就至少失去了该财物价值的二分之一。

清朝入关后，全面沿袭了明朝的《大明律》，只是简单地改换名称为《大清律》。因此有关拾得遗失物的处理规定，又原封不动地继续实施。

由于明清时法律允许人们合法地将拾得的遗失物收归己有或向遗失人索取报酬，实际上使拾得遗失物“报官公告”的规定形同虚设。久而久之，“拾到的就是自己的”观念深入人心。甚至当灾难发生，往往打捞财物的会比救人的还要多。比如明末清初的小说《型世言》第二十五回“凶徒失妻失财善士得妇得货”,说崇祯元年(1628年)七月间,浙江沿海发生海啸后,“争钱的、夺货的,也惹出多少事务”。大水刚退,“街上人簇簇道:某人得采,捞得两个箱子;某人收得多少家伙”。其中有个朱安国为捞箱子,将箱子上一老一小两个妇女推入水中,却没有想到这两个是自己未曾谋面的岳母和未婚妻郑氏。后来岳母淹死,郑氏被他人搭救而成亲,朱安国到衙门告他人“奸占”;而郑氏认出仇人,也到衙门告“谋财劫命”。县官在查证了箱子里的物品后,正要治罪,旁听的众人一齐下跪求饶:“日前水变,人家都有打捞的,若把劫财,怕失物的纷纷告扰,有费天心。”县官只好宣布“事出异常,法难深绳”,朱安国与郑氏的婚约撤消,箱子归还郑氏,也不治朱安国的罪。

晚出的成语

由于明清这项法律实施了五百多年,长期以来社会观念就是拾得东西是可以索取至少一半作为报酬、没人认领就可以心安理得地拿归己有。反过来说,因此也就更显示出拾得遗失物交还原主且不要报酬行为的可贵。正是在这种法律环境下,才催生出我们今天耳熟能详的成语“拾金不昧”。

首次出现这句成语的是清代吴炽昌的文言小说《客窗闲话》中的《义丐》篇,讲述一个乞丐拾得他人钱财归还原主,而且拒绝接受报酬,由此得到官府的表彰,“乃呼里长,为之谋宅于市廛,置货立业,且表之以额曰‘拾金不昧’”。官府为乞丐在城中心的商业区买了住宅,为他置办了货源,让他开店经商,并且在店铺门首挂上“拾金不昧”的匾额。

清乾隆年间作家李绿园,在他的作品《歧路灯》里讲述主人公谭绍闻因为表彰奴仆王忠将挖出的窟藏银两归还主人,“把家人名分扯倒,又表其拾金不昧”。

同样的原因,在小说戏曲中,只要主人公能够归还拾得物这个行为本身也就成为一重要的善举,足以在现世就获得善报。

实际上民国时期有关遗失物的法律也受到明清时期这一法律的影响。比如 1931 年公布的《中华民国民法 · 物权编》中规定:拾得遗失物应通知遗失人或报告警署公告,六个月之内遗失人认领,拾得人可以请求相当于遗失物价值十分之三的报酬;六个月后无人认领,拾得人可以获得遗失物或其价金(第八百零三至八百零七条)。作为民国民法蓝本的德国民法典对此的规定是:拾得人拾得遗失物后有通知义务(如果遗失物价值不足十马克就可以直接收归己有),遗失人在认领时应支付报酬,遗失物价值不足一千马克的报酬为百分之五,一千马克以上的为百分之三,动物为百分之三。公告六个月后无人认领,拾得人可获得拾得物的所有权。同样作为当时立法参考的日本民法的规定与之类似,只是在报酬方面规定更为原则性,拾得人有权请求遗失物价值的百分之五到百分之二十作为报酬。民国民法把报酬一律改为百分之三十,显然是考虑到了明清法律以及长久以来的民间习惯上“平半分”的传统。

5. 占梦破案的传奇——《钱大尹智勘绯衣梦》

关汉卿的《钱大尹智勘绯衣梦》将一个流传很广的故事改编为一个典型的公案戏。这个剧目来源于宋金时代的戏文《林招得三负心》、唱本《林招得孝义歌》,同时代的南戏《林招得黄莺记》《卖水记》等已有作品。而在元朝以后,这个剧目继续衍变流传,明代有传奇《钗钏记》《卖水记》,小说也有拟话本《陈御史巧勘金钗钿》(见《喻世明言》第二卷)。直至20世纪,根据本剧目改编而来的剧目依然层出不穷,比如川剧《林招得三负心》、川剧和越剧都有《血手印》剧目,秦腔《火焰驹》、改编本《绯衣梦》。还曾多次搬上银幕,摄制为戏曲艺术片,成为最流行的传统剧目之一。

关汉卿在这个剧目中,将主人公设定为钱可。此人不见于正史的记载,只有元末明初的小说《清平山堂话本》中的《简帖和尚》提到,钱塘府尹钱大尹出身高贵,“他是两浙钱王子,吴越国王孙”,“出则壮士携鞭,入则佳人捧臂。世世靴踪不断,子孙出入金门”。可是关汉卿将故事背景安在河南开封,钱可就任的是开封府尹,而且自称“为因老夫满面胡髯,貌类波斯,满朝中皆呼老夫波斯钱大尹”,似乎与这位江南钱塘府尹的钱可完全无关。

层层转进的情节

《钱大尹智勘绯衣梦》的故事情节层层转进,不断设置悬念,很能吸引观众的注意力。剧目开始是一场婚姻纠纷,说的是开封府有两个有钱的员外,一个是王员外王得富,开着解典铺,有万贯家财,“人顺口都唤我做王半州”;另一个李员外李荣祖,“唤做李十万”。当年两个员外称兄道弟,两位夫人差不多同时怀孕,就“指腹成亲”,王家得了个闺女王闰香,李家得了个儿子李庆安。十六年过去,一双儿女满了十六岁,可以成婚了,可是李员外买卖失败,家境败落,人称“叫化李家”。王员外派了嬷嬷,带了王闰香做的鞋子和十两银子,到李家谈判,如要维持原约,李家就必须在一个月内提交金珠财宝的聘礼;否则“这双鞋儿是罢亲的鞋儿,着庆安踏断线脚儿”,就算断了关系。李荣祖百般苦恼,而李庆安却不在意,“我是个读书人,量一个媳妇打甚么不紧”! 赶紧换了鞋,向父亲要了二百钱,买了风筝去放。

李庆安在空地放风筝,不料风筝被风吹到一处花园的梧桐树挂住,李庆安看花园墙不高,就跳了进去,脱鞋爬到树上取风筝。恰巧这个花园就是王家的,王闰香带了丫鬟梅香正在这花园里散心,见鞋寻人,两人树下见面,彼此都有好感。王闰香建议,“我今夜晚间收拾一包袱金珠财宝,着梅香送与你,倒换过来做你的财礼钱,你可来娶我”。李庆安听嘱,翻墙而出。

同一天,本城屠狗行窃的无赖裴炎,拿了一个偷来的破棉袄到王员外的解典铺要求换钱,被王员外赶出。裴炎怨恨,当夜带刀翻墙进入王家花园,打算报复。恰好遇见梅香带了一包袱金珠财宝在花园墙下等李庆安来取,裴炎一刀杀死梅香,劫走这包金珠财宝,却把刀子留在了现场。稍后李庆安翻墙进来,摸到梅香的尸体,吓得连忙逃跑。王闰香出房找梅香,发现尸体,惊动全家。王员外立刻断定是李家因为退婚而来寻衅,带人赶到李家,惊魂未定的李庆安两手血印还没有洗干净,被揪到开封祥符县衙门。理刑官贾虚是个昏官,胡乱一审,就断定李庆安是凶手。李庆安屈打成招,被押入死牢。父亲前来探监,李庆安见牢房墙角有只苍蝇被蛛网挂住,恳求父亲先解救了苍蝇。父子二人痛哭一场,也没有办法可想。

开封府尹钱可升堂,书吏报上李庆安案件卷宗,要钱可判决执行死刑。钱可正要下笔,有只苍蝇飞过来三番两次撞开笔尖,钱可抓住苍蝇塞到笔管里,不料笔管爆裂。钱可觉得事情异常,“这事必有冤枉”。下令解除李庆安的枷锁,让他到“狱神庙”睡觉,派了书吏在旁记录李庆安的梦话。果然录得四句梦话:“非衣两把火,杀人贼是我。赶的无处藏,走在井底躲。”钱可于是判定,凶手姓名应该是裴炎,叫来捕快,要他们在全城有“井字”的街巷去巡查。

两个捕快果然在城里找到了棋盘街井底巷。在巷口的茶坊,听说裴炎刚向茶坊强卖了一条狗腿。而裴炎的老婆又拿出一个刀鞘,找捕快伪装的货郎要配一把刀。捕快伪装的货郎就取出那把行凶的刀子,一配入鞘,“比及拿王矮虎,先缠住一丈青”,立刻抓住裴炎老婆拷打逼供,裴炎闻声赶来,也被擒获。送到开封府后,钱可一审定案,立即释放了李庆安。

李庆安回家,李荣祖高兴之余,又告诫李庆安,“孩儿,那王员外告着你杀人,‘告人徒得徒,告人死得死’”。于是父子二人又到开封府喊冤,告王得富的诬告罪。钱可再次升堂,问了情由,要两家先到庭外试行和解,“您与他外边商和去”。

王得富央求李庆安撤诉，又叫来女儿王闰香，“孩儿也，他若饶了俺呵，我倒陪三千贯奁房断送与他”。于是李家撤诉。钱可宣判：“裴炎图财致命，杀了王员外家梅香，市曹中明正典刑；窦鉴、张弘（两个寻侦的捕快）能办公事，每人赏花银十两。将老夫俸钱给与李员外做个庆喜的筵席，着李庆安夫妇团圆。”

“指腹为婚”的效力

这个剧目开场的由头，是一场有关“指腹为婚”的纠纷。那么中国古代法律是否承认这种双方家长约定婚姻的效力呢？

回答是否定的。古代法律文化传统一直确认家长的主婚权，没有家长主持，婚姻一律无效。但是家长主婚也必须要经过法定的程序，完整的程序包括媒人的中介，“报婚书”，“答婚书”的往来，聘礼的交付，以及公开的“亲迎”婚礼程序。就法律而言，最最简单的婚约也必须要有聘礼的交付与接受。而家长在孕期的“指腹为婚”，是没有任何法律效力的。

但是“指腹为婚”又是民间长久流行的民俗习惯。早在战国时代，家长就会在孩子出生之初就为孩子张罗终身大事，这已经被认为是人之常情。《孟子・滕文公下》所谓“丈夫生而愿为之有室,女子生而愿为之有家,父母之心,人皆有之”。再进一步发展下去,孩子还没有出生,就开始约定婚姻。东汉光武帝刘秀在打天下的时候,手下猛将贾复作战受了重伤,刘秀就表示,“听说贾复的妻子正怀孕,如果生下女儿,我的儿子就娶她为妻;如果生下儿子,我的女儿就嫁给他。请贾复不要担忧妻子儿女,一心养伤”。(《后汉书・贾复传》)这当然是刘秀笼络部下的权术,但也可以说明当时人们对指腹为婚并不陌生。南梁时韦放与张率为子女指腹为婚,张率死亡时子女还未成年,韦放对张率的子女多方照顾,拒绝势族大家的求婚,履行原约,让儿子韦岐娶张率女儿为妻、又把女儿嫁给张率的儿子。韦放信守婚约,是基于不能失信于老朋友的道德观念,而守信履约后,得到了社会舆论的赞扬。(《梁书・韦放传》)

到了宋代,指腹为婚的民俗习惯开始在社会评价方面受到负面批评,被看成是“轻许为婚”的陋习。北宋的著名大儒司马光在他的《司马温公家范》中批评指腹为婚:“及其既长,或不肖无赖,或有恶疾,或家贫冻馁,或丧服相仍,或从宦远方,遂致弃信负约,速狱致讼者多矣。”指腹为婚后双方的性格、教养、家境、健康之类的条件都会发生很大变化,从而导致婚姻纠纷过多。

蒙古人入主中原后开始立法禁止指腹为婚。在民间习俗上，指腹为婚时，双方家长会彼此割下一块衣襟交换为信物。1269年，蒙古政府明令禁止指腹婚："男女婚姻或以指腹并割衫襟为亲，既无定物婚书，难成亲礼，今后并行禁止。"后来元朝建立后继续维持这一法律，《元史 · 刑法志》所载的元代法律："诸男女议婚，有以指腹割衿为定者，禁之。"明初的法典《大明令》也同样规定："男女婚姻各有其时，或有指腹割衫襟为亲者，并行禁止。"这条明令后来在清朝又作为条例，收入《大清律例》，继续有效。

《钱大尹智勘绯衣梦》中的故事由头，实际上是违法的。所以剧作家也很仔细地说明细节：王员外要嬷嬷去"退亲"，交给李家十两银子和一双鞋，要求在鞋底的线脚磨损之前，李家备好聘礼来正式定婚，否则原来的约定就作罢。王员外估计李家根本拿不出聘礼的财物，想不到自己的女儿却想出来偷偷拿出自己家的金珠财宝送给李庆安，让李庆安作为正式下聘的财产来定婚。这样就符合了法律的要求。

"告人徒得徒，告人死得死"

作为破案故事的余波，《钱大尹智勘绯衣梦》的最后插入了一段具有喜剧色彩的情节，就是李家父子以"告人徒得徒，告人死得死”为理由,告发王员外的诬告罪。而这个情节反映的,确实是一项中国法律文化的传统。

至晚在战国时的秦国法律里,已经有了“诬人”罪,指故意捏造事实,向司法机关控告他人,使无罪者入于罪,或使罪轻者入于重罪。湖北云梦睡虎地秦墓竹简中的《法律答问》,其中之一记载,有个在服“城旦”(筑城苦役)刑的罪犯,“以黥城旦诬人”,诬告他人一个要判处黥(毁坏罪人面容的刑罚)城旦的罪名,应该判处“黥”。有个人知道别人偷了一只羊,却去官府告发别人偷了一头牛,应该判处为“告盗加赃”的罪名,按照盗牛罪处罚告发者。可见当时已经有了诬告者应反坐所诬告罪名的法律。

《唐律疏议·斗讼律》专门设立“诬告”罪,规定诬告者反坐所诬告的罪名,但诬告别人死罪而死刑尚没有执行就发现诬告的,诬告者可以减一等处罚,改判流三千里。这项法律在宋元时期一直保持,所以“告人徒得徒,告人死得死”的俗谚基本是合乎法律原则的,只是并不一定“得死”。后来《大明律》更进一步,规定诬告反坐还要加等处刑。诬告人笞罪的,反坐其罪并加重二等;诬告人杖、徒、流罪的,反坐其罪并加重三等;但诬告人死罪的,一般只处杖一百流三千里,如果被诬告人因此而被处死或在审讯中死亡的,诬告者才应处死。而且因诬告导致被害人之家有人因此而死亡的,除罪犯反坐所诬告罪名外,“将犯人财产一半断付被诬之人”。

值得注意的是,除了被害者死亡,一般只有直接被害人才有权提起诬告罪,当然也只有他才有权提出撤诉。这在《钱大尹智勘绯衣梦》中也有反映。当王闰香亲自来为父亲求情时,李庆安愿意和解,而李荣祖还不肯松口。李庆安说:“他告我,不曾告你。”李荣祖说:“大人将你三推六问,不打你来?”李庆安回:“他打我,不曾打你。”李荣祖又说:“若拿不住杀人贼呵,可不杀了你?”李庆安再回:“他杀我,可不曾杀你。”李荣祖无奈:“我把你个犟小弟子孩儿!罢、罢、罢,我饶了他罢。”

占梦破案故事流传的背景

在今天的法律人看来,像本剧目中的钱可这样依靠占卜解析梦境来破案是荒唐的。可是在中国古代社会,钱可这样的占梦破案却是被广泛赞颂的传奇故事,甚至往往成了司法公案故事的一项叙事传统。

历史记载中最早的占梦破案故事,是《三国志 · 魏 · 周宣传》所载周宣的事迹。周宣是东汉末至曹魏初的人物,原来是一个郡的书吏。因为善于占梦而出名。后来被推举到朝廷做官。有一次魏文帝曹丕问周宣:“我梦见宫殿上两片瓦掉下来,化为一对鸳鸯。这是什么征兆?”周宣说:“恐怕是后宫里出了人命案件。”曹丕说:“这个梦如果是我编的呢?”周宣说:“作梦这件事,是意念中的事,如果能够复述出来,就是征兆,便可以占卜凶吉。”话还未说完,黄门令来报告说,后宫的宫女发生内讧杀人事件。过了不久,曹丕又问周宣:“我昨天梦见一股青烟拔地升天。”周宣说:“恐怕会有一个身份高贵的女子冤死。”当时,曹丕已派人去给甄皇后送诏书,要甄皇后自杀,听了周宣这话很后悔,又派人去追赶使者,可惜来不及了。

史书记载名气最大的占梦破案故事,是前秦时期的苻融。苻融是前秦升国皇帝苻坚的弟弟,从小就以聪慧闻名于世,做官后以善于断案著称。《晋书·苻融传》记载了一件苻融占梦破案的故事。苻融当司隶校尉时,长安当地人董丰外出游学三年而返,回家当晚妻子被人杀害。妻子的哥哥怀疑是董丰杀死妹妹,将董丰告到地方官府。董丰被刑讯逼供后,承认杀死妻子。地方官将案件上报,苻融亲自提审董丰,问董丰这次回家前是否有什么异常现象?董丰说:“出发前一夜,梦见骑马过河,从南到北,又从北回南,再转回向北,马就停在河中央,不听鞭策。低头一看,河里有两个太阳,马的左半边淋湿了是白色的,右边却没有淋湿显出黑色。因此被噩梦惊醒,觉得大不吉利。到家前夜又做了同样的梦,赶紧去向占梦者请教,他说这是牢狱之灾的征兆,要我睡觉不要用枕头,睡前也不要洗澡。回家后妻子要我洗澡、给我高枕,我记得占梦的说法,都没有听从,妻子自己洗澡并睡了高枕。”苻融说:“那我就知道了。按照《周易》,坎卦为水,离卦为马,梦见乘骑南北三渡,从坎卦往离卦,三爻同变,就确定是离卦。就人而言,离卦为中年妇女,坎卦为中年男性,两个太阳就是二夫之象。坎卦又代表为执法官吏审问丈夫,妇女则流血身亡。坎卦二阴一阳,离卦二阳一阴,相承易位。离卦下而坎卦上,就是‘既济’之象,表示和周文王当年受冤屈囚禁在监狱一样,有礼而生,无礼而死。马的左半身湿,湿不就是水吗?左水右马,就是冯字。两日,就是昌字。杀人者是个叫冯昌的男子!”于是下令搜捕,真的抓住了一个叫冯昌的男子,一审就认了罪,承认是和董丰的妻子通奸,那天夜里想好要谋杀董丰,认定董丰回家肯定要洗澡和睡高枕,没想到误中妇人。

南宋专门记述司法传奇故事的《折狱龟鉴》一书,也有一个“狱吏涤墨”的故事,与苻融占梦破案故事类似。说五代十国时的南唐国大理寺有一个杀人案件一直无法破案。大理寺的一个书吏很着急,焚香恳祷,以求神助。当晚做了一个梦,梦见自己走过一条枯河,爬上一座高山。梦醒后仔细推敲:“河无水,可字;山而高,嵩字也。”于是到处打听,果然当地的崇孝寺有个和尚,法名“可嵩”。他请求长官派人去抓捕,但可嵩矢口否认任何罪名。书吏看见可嵩的鞋上有一滩墨污,就要他脱下鞋来,可嵩开始慌张。经仔细擦洗,墨迹之下是一滩红色的血污,以此追问,可嵩果然认罪。

不过占梦破案毕竟过于离奇,除了被唐代史学家刘知几在《史通》批评“虽取悦于小人,终见嗤于君子矣”的《晋书》,其他的官修正史都没有关于占梦破案的记载。五代和凝编写《疑狱集》作为司法官员的参考书,收录了苻融的另一个破案事例,有意没有采用苻融这个占梦破案故事。南宋人郑克编写的《折狱龟鉴》虽然收了苻融和南唐这两个占梦破案故事,但是郑克在评注中说明,这些事例是以至诚之心感动神灵,因此才会发生“神灵动君使言”,神灵通过了梦话梦境来提供破案线索,并不是单纯依靠智慧占梦。因此在古代的司法界,法官在正常情况下是不相信依靠占梦破案的,也从不推崇这种做法。

然而在文艺领域,占梦破案具有的传奇性、神灵性却反而引发了受众的欢迎。尤其是大众文娱艺术领域,占梦破案成为公案戏的一个主要的噱头。作为文艺作品,较早的作品有唐代传奇《谢小娥传》,其中占梦破案的情节,应该也影响到关汉卿的《包待制三勘蝴蝶梦》和这部《钱大尹智勘绯衣梦》。

尤其《钱大尹智勘绯衣梦》的情节和叙事，既体现了民众对“明镜高悬”“为民做主”的清官的向往，又蕴含着传统文化“天人感应”“万物有灵”“善恶有报”的观念，再加上“苍蝇抱笔”“占梦断案”等的灵异情节，真正起到了民间“喜闻乐见”的传奇戏剧效果。

6. 错中错的奇案——《宋上皇御断金凤钗》

杂剧《宋上皇御断金凤钗》,民间简称《金凤钗》,是元代剧作家郑廷玉的作品,讲述了一个错中错的奇案。该剧的剧情具有大起大落、峰回路转的特色,被认为是元代公案戏的佳作之一。不过剧名中的"宋上皇"压根就没有在剧中出现过,甚至连提都没有提到,更不要说"御断",也就是皇帝亲自判决断案。剧中提到皇帝之处都写作"圣人",并没有说是"上皇"。而且剧中台词唱词也有意模糊时代背景,不明说是宋朝的故事。因此或许今天看到的剧本经过了后世改写,有意避免皇帝亲自出场的情节。最早的底本或许是以有微服出行名声的宋徽宗为主角,讲述的是宋徽宗亲自断案的故事。

悲喜交加轮换的情节

该剧开始就是一个乐极生悲的转折:穷秀才赵鄂,好不容易一举考上头名状元，想不到第一天上朝，就因为“失仪落简”，“削了他靴笏襕袍，赶出去为庶民百姓”。赵鄂是郑州人，带了妻子和七岁的孩子来开封，借住状元店备考一年，欠了几个月的房钱，想不到一下子跌回原地。为了生活，赵鄂只好到周桥边“卖诗”，刚得了二百钱，见有个本地的泼皮李虎，正逼着一位老者要钱，不给就拉着老者要跳河。赵鄂上前劝解，二百钱打发了泼皮，空着双手回家，遭店家逼债、妻子埋怨、儿子吵闹。

赵鄂没想到的是，他救助的那位老者，是朝廷重臣张天觉，张大人特意派了家人到状元店，给赵鄂送来了十枝金凤钗，作为“还债”。赵鄂喜出望外，赶紧给了店小二一枝金凤钗抵作所欠下的房钱。正在和他赌气要他写休书的妻子回心转意，孩子也破涕为笑。

同时城中的权贵杨衙内，为去郊外春游野餐，要自己的仆人六儿带了十个银匙先去布置。六儿到了郊外，在黄昏时分撞见了泼皮李虎，被李虎杀死，夺走了十个银匙。李虎杀人后到附近的状元店投宿，赵鄂记得这个泼皮的长相，在房间里与妻子商量，为了保险起见，将九枝金钗埋到门前的土坑里。不料隔墙有耳，被李虎听得机密，李虎凌晨时分挖出金钗，却把杀死六儿抢夺来的十个银匙埋入坑中，自己逃之夭夭。

杨衙内带了仆从出门,途中发现六儿尸体,立即下令对附近人家进行搜索。一帮人如狼似虎闯到状元店,赵鄂为自证清白,主动挖开土坑,不料取出的恰恰是那十个银匙,当场被杨衙内的仆从拿下。杨衙内自己开庭、自己审问、自己判决,“杀人可恕,情理难当”,赵鄂被判处死刑。“奏知圣人(皇帝)”后,杨衙内自任监斩官,下令将赵鄂绑上法场。正在等待行刑时辰之时,张天觉奉了圣旨赶来,救下赵鄂。

原来李虎拿了九只金钗到银铺换钱,恰好状元店的店小二也拿了金钗去银铺换钱,银匠一一对照,分明是一套。店小二和银匠一起擒住李虎,送到开封府定罪。张天觉奉圣旨重审案件,赵鄂说明实情。李虎到庭当场认罪,“杀了六儿也是我,偷了银匙箸也是我,换了金钗也是我,周桥上骗钱也是我。若不饶,便哈刺了罢”。于是张天觉宣判:“贼人李虎,将平人图财致命,市曹中明正典刑。将金钗还与赵秀才。店小二救人屈死之命,免本户当差。”赵鹗也恢复官职,加封为“开封府尹”。

“失仪落简”之罪

《宋上皇御断金凤钗》第一个反转的剧情,是赵鄂考上状元,又因为第一天朝会“失仪落简”,被削职为民。“失仪”,是指在参与朝廷的重大活动时，有违背礼节仪式的行为；“落简”，是指朝会时掉落了“笏版”（大臣上朝时举着的写有上奏事项的木板），在古代法律里，应该是包含在“失仪”这个罪名之内的。

仪式是古代法律重要的内容，越是远古，仪式的法律性越是显著。先秦时期的“礼”，原来的字义就是祭祀祖先的仪式，后来被用来泛指所有重要的习惯法，可见仪式在古人心目中的重要性。西汉初年，儒生叔孙通结合古礼和秦朝的礼仪制度，为汉朝制定了全套的礼仪制度。后来汉武帝的时候，廷尉（最高法官）赵禹还专门编定《朝律》，作为朝会时的法定礼仪。历代朝廷监察机构御史台，都有专门的机构和官员，专门监督朝会时大臣官僚的行为是否遵循了礼仪。

不过到了唐宋时期，对大臣违反礼仪的罪名，处罚已经没有先前那样严厉。比如唐宋时期的法律规定，官员在朝廷举行的祭祀仪式，或者在朝会上，在跟随皇帝进行侍卫时，“行事失错及违失仪式”，诸如高声喧闹、坐立不正、不遵仪式等，作为犯罪处罚，但是刑罚很轻微，只不过是处以“笞四十”（以荆条抽打臀部及大腿四十下）。由于大臣官僚享有司法特权，免受身体刑，所以一般也就是改换为罚俸、降级之类的行政处罚。如果经常犯此罪名才会被罢官免职。元朝时的法律处罚更加简单,“朝会祭祀,一切行礼,失仪越次及托故不至者,即纠罚之……失仪者,罚中统钞八贯”。直接罚款了事。所以本剧目里赵鄂这样仅仅因为“失仪落简”就被一撸到底,那完全是一种博取观众眼球的艺术夸张罢了。

“一本一利”

在本剧目的第一折里,张天觉被泼皮李虎纠缠,主人公赵鄂上前相劝,拿出自己刚刚卖诗所得的二百钱打发了李虎,张天觉感激不尽,“多亏了你也,借与我钱,救我一命。你放心,……老夫一本一利还你”。这句台词里的“一本一利”,有人把它解释为“连本带利”的意思,但这个解释不够准确。

“一本一利”并不是一个简单的民间成语,实际上它是一个专门的法律用语。古代法律规定债务利息累计不得超过原本的百分之一百,换句话说,债务人所要偿还的债务最高数额只是一个本钱和一个相当于本钱的利息总和,所以习惯上称为“一本一利”或“一本一息”,也有时称为“一个对合”。

至少从北魏起,中国法律就禁止“取息过本”,利息累计至和原本相等为止,收取超过本钱的利息就属于违法行为。

唐代的《杂令》规定出举债务的利息“每月取利不得过六分，积日虽多，不得过一倍”。明确规定利息累计不得超过原本，每月的利息不得超过六分（6%，相当于年利72%）。以后的唐朝法令又进一步降低放贷限制利息，规定月利不得超过四分（4%，相当于年利48%）。宋朝的法令沿袭唐朝的“月利四分”的最高利率限制。金朝又把这个限制利率降低到“月利三分”（3%，相当于年利36%）。蒙古人入主中原之初，一些回鹘商人放债取“羊羔儿息”，意思是像羊羔变成母羊后又下羊羔一样，利上滚利，每年翻倍。重臣耶律楚材劝窝阔台汗下令恢复中原旧有的“本利相侔而止”的制度。忽必烈建立元朝，立法确认了传统的“一本一利，月利三分”制度。一本一利及月利三分制度后来延续了六百多年，一直到20世纪30年代初中华民国民法公布后才失去法律意义。

本剧目张天觉后来以十枝金凤钗“还债”，远远超过了二百钱，当然是一种艺术夸张。而在其他的元代杂剧中，凡事涉及还债的情节，都是“一本一利”或“一个对合”。最著名的事例就是上述《感天动地窦娥冤》，窦天章借了蔡婆婆二十两银子，累计利息已经满了二十两，满了“一个对合”四十两，蔡婆婆前来讨债，窦天章被迫将女儿窦娥给蔡家当了童养媳。

行刑的时辰

《宋上皇御断金凤钗》里最戏剧化的转折,是赵鄂已经被押上法场,杨衙内问刽子,“时辰到了未”?刽子回:“时辰到了!”“与我拿出那厮来!”刽子喊道:“行动些,时辰到了!”而张天觉恰在此时赶到高喊“留人”。

同样的情节在其他的元代杂剧、明代小说中也极其常见。比如元杂剧《鲠直张千替杀妻》里,说刑场上“半霎儿午时三刻,弟兄子母别离”。《庞涓夜走马陵道》,庞涓陷害孙膑,绑上刑场,“刽子磨的刀快,只等午时三刻到来,便要杀坏了哩”!《谢金吾诈拆清风府》里,王枢密要害杨六郎,“刀斧手,到午时三刻,疾忙下手者”。《水浒传》第四十回宋江、戴宗被押到法场,“报道一声:‘午时三刻!’监斩官便道:‘斩讫报来!’”正在此时,梁山好汉一齐发作。第六十二回卢俊义处斩,也是“午时三刻到了”一声喊,刽子手就要动手。等在酒楼上的石秀吼一声“梁山泊好汉全伙在此!”拔刀跳下去,拖起卢俊义就走。《西游记》第九回,魏征于“午时三刻”梦斩泾河老龙。《古今小说》第三十九卷,任珪被判凌迟处死,押赴刑场,“只等午时三刻”。

那么古代执行死刑是否真的有这样的“行刑时辰”?是

不是古代法律规定在“午时三刻”行刑的呢？实际上却并非如此。

唐宋时的法律规定，每年从立春到秋分，以及正月、五月、九月，大祭祀日、大斋戒日，二十四节气日，每月的朔望和上下弦日，每月的禁杀日（即每逢初一、初八、十四、十五、十八、廿三、廿四、廿八、廿九、三十）都不得执行死刑。而且还规定在“雨未晴、夜未明”的情况下也不得执行死刑。有人计算后认为，按如此规定唐朝一年里能够执行死刑的日子不到八十天。

在行刑的时刻上，唐宋的法律明确规定，只能在未时到申时这段时间内（大约合今下午一时到五时）行刑。并不是“午时三刻”。而明清的法律只是规定了和唐代差不多的行刑日期，对于行刑的时刻并没有明确的规定。

古代将一昼夜划为十二个时辰，又划为一百刻（“刻”原来指的就是计时的滴漏桶上的刻痕。一昼夜滴完一桶，划分为一百刻）。“时”和“刻”实际上是两套计时系统单位，换算比较麻烦，平均每个时辰合八又三分之一刻。“午时”一般约合今天的中午十一点至十三点，午时三刻是将近正午十二点，太阳挂在天空中央，是地面上阴影最短的时候。这在当时人看来是一天当中“阳气”最盛的时候。中国古代一直认为杀人是“阴事”，无论被杀的人是否罪有应得，他的鬼魂总是会来纠缠作出判决的法官、监斩的官员、行刑的刽子手等这些和他被处死有关连的人员。所以,在阳气最盛的时候行刑,可以压抑鬼魂不敢出现。这应该是习惯上“午时三刻”行刑的最主要原因。

7. 有贤有智的母亲——《救孝子贤母不认尸》

杂剧《救孝子贤母不认尸》，民间简名《救孝子》《不认尸》，是元代剧作家王仲文的作品。这也是一个传奇案件的故事。这个故事在宋元时代相当流行，宋元话本亦有《错认尸》，后来的南戏也有《何推官错认尸》，故事情节类似。

小叔送嫂惹祸殃

大兴府的军户李氏，丈夫亡故后拉扯两个儿子长大，长子习武，次子学文。二十年来，因为家中没有成年男子，兵役一直由“贴户”顶替。大兴府尹王翛然到任后亲自“勾军”，责成杨家出一个从军的军人，两兄弟互争去服役。李氏执意要自己亲生的长子杨兴祖去应役，留下亡夫之妾所生的次子杨谢祖。王翛然了解实情后,很敬重李氏的贤德。临行时,杨兴祖将家藏的镔铁刀子交给妻子王春香,要她回娘家时赠给王家兄弟。王春香认为可能会引起盗窃夫家财产嫌疑,坚决不同意,也是王翛然过问说服。

过了年把,王春香的母亲王婆要人带信过来,希望王春香能够回娘家住一个月。李氏就命杨谢祖送嫂子回娘家,杨谢祖有点犹豫:“有那不知礼的,见一个年纪小的后生,跟着个年纪小的妇人,恐怕惹人笑话。”李氏就嘱咐杨谢祖,只要送过了人烟稀少的树林,“送到林浪嘴儿边,可便回来,叫嫂嫂自去”。杨谢祖果然在林边与嫂子告别。不料王春香单身过荒野时遭到歹徒赛卢医劫持。这赛卢医拐带了大兴府巩推官家的哑巴丫鬟梅香,梅香怀孕后又将梅香骗到荒野杀害,剥下春香衣服穿在梅香身上,又用王春香行李里的那把镔铁刀子将梅香尸体毁容,扔在现场。然后押着王春香逃往外地。

王婆一直不见女儿归家,亲自到杨家质问。李氏带了杨谢祖和王婆循路追寻,发现已经腐烂的那具女尸。当王婆得知是小叔子杨谢祖送嫂,就去告发杨谢祖图奸未遂,杀嫂匿迹。大兴府的巩推官仅凭王婆告发,推说尸体腐烂过甚,无法检验尸体,就要李氏按照衣服来认领那具女尸就是王春香;凭现场发现杨家的那把刀子,就推定杨谢祖有杀嫂之罪。李氏坚决不认尸体，也坚信杨谢祖无罪。巩推官严刑逼供，将杨谢祖关入死牢，打算在卷宗里“葫芦提”指杨谢祖认罪，待府尹批准处斩。

杨兴祖在边疆立下军功“授金牌上千户”，告假回家，恰巧在路上遇见在井边打水的王春香，询知为赛卢医所掠，将赛卢医抓住。正好王翛然奉朝廷之命巡视大兴府，调取案卷，见到杨谢祖卷宗里的这把镔铁刀子眼熟，立即亲自提审，杨谢祖当场喊冤，杨兴祖又押来了赛卢医，案情大白。王翛然判决：“本处官吏刑名违错，杖一百，永不叙用。赛卢医强夺妻女，市曹中明正典刑。王氏妄告不实，杖断八十。”王春香为母求情，“告大人，母亲年老，春香替杖”。王翛然赞扬“这媳妇直恁般贤孝”，改判王氏“罚铜折赎”。

著名的法官人物

这个剧目里作为明察秋毫法官角色的王翛然，是真实历史人物。他姓王名翛（1132—1207 年），字翛然，涿州人，进士出身，曾长期担任金朝地方官员，也曾任朝廷最高法官的大理卿。他在金朝以“性情刚严、临事果决”著称。

王翛在担任咸平知府时，当地有很多女真族的贵族横行不法，欺压百姓。有一次，一个百姓欠了贵族的债务没能及时归还,那个贵族带了家奴闯入百姓家抢夺耕牛和财产。百姓到衙门告状,王翛立即下令传讯那个贵族。那个贵族毫不在乎,带了家奴随从大模大样地来到衙门。王翛命令衙役给那贵族戴上戒具,动用刑讯,判决他犯有强盗罪,拖到市场上“杖杀”。当地贵族从此不敢胡作非为。

后来王翛担任京城大兴府的知府,京师有许多和尚依附豪门,为非作歹。王翛下令午后不准和尚上街。有一次抓住一个犯禁的和尚,立刻就有皇姑某公主派人来求情。王翛说:“既然公主说情,我这就放他出去。”于是带上和尚审讯,判处杖一百。和尚挨了板子,回庙不久就伤重身亡。自此,京师肃然。

王翛治理京师多年,他的事迹广为流传,很早就在民间被传唱为传奇人物。金朝人刘祁在他的著作《归潜志》中赞誉王翛比北宋包拯执法还要严正,治理的政绩更是远远超过包拯。

“不认尸”的法律意义

作为这个剧目的核心情节,李氏坚决不认领那具穿了王春香衣服的腐尸,究竟是为了什么?有什么法律上的意义?这就需要了解古代法律中有关尸体检验的制度和程序。

从现有的史料来看，至少在战国末期，我国就已经有了专门关于勘查、检验的完整制度。在湖北云梦一个叫睡虎地的地方发现的秦国墓葬里，保留有一类名为《封诊式》的法律文件，可以算是目前我们所能看到的中国最早的有关司法检验的制度。“封”是查封的意思，“诊”是勘查、检验的意思，“式”是指执行政务的标准“式样”（程序）的意思。可以发现，当时已经明确规定一切非正常死亡、一切无名尸体，或者发生纠纷而造成人身危害后果的情况官府都要进行检验。

宋代将尸体检验制度发展到了高峰，出现了世界上最早的法医学著作《洗冤集录》。根据《洗冤集录・条令》所摘录的宋代有关的法律制度，无论什么死因，凡是死者在临死前没有“缌麻”以上的亲属（属于第五等亲属，一般而言是同五代以内的平辈亲属）在场的，都必须要由官府派遣官员亲临检验。如果是有杀伤嫌疑的，必须要经过“初检”“覆检”两次检验，合称“检覆”。

检验应该是由当地衙门的“监当官”（负责该项事务的意思）主持检验。在州一级衙门，由州的司理参军（州衙门专门负责在司法审判中查清事实的官员）主持；县衙门派出县尉（负责治安、刑事案件侦查的官员）前往主持。一切在押的嫌疑人或者在押、在遣送途中的罪犯，或者是经过了官府传讯、责打后在十日以内发生死亡的,都必须经官府检验。其中在押的囚犯、非正常死亡的死者,都必须要经过官府重复两次的检验。检验以后才允许埋葬,亲属在外地的要通知到场,无人领尸的官府代为埋葬。

元朝法律开始规定由各地的“正官”来主持尸体检验工作。按照元朝《经世大典》的规定,无论是初检还是复检,都必须由正官来主持,如果正官“有故”,命令下属的“首领官”(负责衙门内部事务管理的官员)或者书吏代为主持检验,而在官府文件上“却作亲身申报者”,即使检验的结果没有误差,正官仍要处以笞一十七下的处罚,首领官吏都要处笞二十七下的刑罚,还要“记过”。后来明清时期进一步规定,尸体检验必须由地方“正印官”(知县或知州)主持。

进行尸体检验时,具体操作是由“仵作行人”(殡葬业者中承担检验责任的人,明清时成为一种衙役)动手,按照“尸格”(或叫“尸单”,是一式三份、盖有骑缝章的“勘合”文件)上开列身体的部位顺序,逐一“喝报”:从正面开始,发长、顶心、囟门……由上而下,每一个部位有伤、无伤都要大声报出,有伤要报伤痕的性质,是什么伤、伤痕长和宽的尺寸、伤痕的颜色。如果认为是致命伤痕,要请长官上前亲自查看。刑房书吏逐一记录在尸格上。检验结束后,由在场的被告、尸亲、地邻、证人一一画押。仵作也要在尸格上画押，并另外在一份“保结”上画押。尤其是如果尸亲不画押，尸格就没有法律意义。

尸亲是指死者的家长，没有家长的至少也要是尊长。那么《救孝子贤母不认尸》里，王春香的母亲王婆、王春香的婆婆李氏，究竟谁才算是“亲”、谁才是家长？按照古代法律，女儿出嫁后，她就归属于夫家的家族，夫家的家长才是她的家长，自己的生身父母降级为亲属，失去家长权。所以在这个案子里，必须要由李氏来画押，认领尸体，也就是承认官府凭衣服算作“检验”的结果。所以李氏坚持不画押，巩推官没有办法继续办案，无法“确认”杨谢祖“杀嫂”，只好凭那把刀子指控杨谢祖杀人。剧作者通过这个情节，展现了李氏的坚毅与能力。

“勾军”和“贴户”

本剧目开头，主角王翛然出场时，是要去亲自“勾军”。“本合着有司家勾取，恐怕有司家扰民，老夫亲自勾军。”这是一项金元时期特有的政务。

女真族实行全民皆兵的部族兵制，所有女真族男子十七岁开始服役，武器、马匹、粮草都要自备。编制为由围猎组织发展而来的“猛安”(原为千夫长)、“谋克”(原为百夫长)军队。以后将大量被征服的部落人民也纳入这一编制,包括了契丹、羌、奚、渤海等部族,也有汉族降军。在中原地区建立金朝后,在汉族百姓中指定一定比例的人户承担兵役,号为“签军”。被指定的人户号为“军户”,可以免除土地赋税及劳役,也会有一些补贴,但每户必须提供一名成年男子从军,世代沿袭。如果家里缺乏男丁,可以请人顶替从军,称为“贴户”,由军户承担贴户的土地赋税以及劳役。本剧的主角杨家,就是一户“军户”,因为杨父早死,两儿尚幼,就由“贴户”顶替从军了二十年。

为了防止军户故意逃脱兵役,滥用贴户顶替,地方官府要经常性的“勾军”,“勾”是清查的意思,也就是逐一清查军户服役情况。发现家有成年男子而不服兵役的,就要进行处罚。如果某地因为瘟疫、饥荒、逃亡等原因,军户大量丧失;或者是发生战争,兵员不足,朝廷就会下令“签军”,在现存人户中重新指定军户。《金史·兵志》指出:“金之兵制最弊,每有征伐及边衅,辄下令签军,使远近骚动。民家丁男若皆强壮,或尽取无遗,号泣动乎邻里,嗟怨盈于道路,驱此使战,欲其胜敌,难矣!”

批评归批评,实际上继起的元朝、明朝都继承了这套指定军户、世代为兵的基本制度。只不过明代将“勾军”改称为“清军”,依然作为地方官府的一项重要政务。所以元明时代的观众,看到本剧的这个情节,是相当能够理解的。

类似的奇案

这个案件的离奇情节是否是作者凭空想象的?说起来这还真的有可能是以真实事件作为基础的。清代人毛祥麟在他的笔记《对山馀墨》里记载了一个广东龙门县轰动一时的无头案件,与这个剧目情节相当相似。

清嘉庆年间,广东龙门县有个名叫温司敬的青年,娶了邻乡的林姑娘,两人情投意合,婚后很美满。结婚几个月后,有一次温司敬陪林氏回娘家,刚走到半路上,弟弟温司礼急急忙忙地追上来,说母亲得了急病,要大哥回家操持。温司敬就要弟弟送妻子回娘家,自己赶回家去。温司礼陪嫂子走了五里多路,快要走出树林了,林氏请温司礼先回,自己独自朝前赶路。温司礼担心母亲,也就同意了。不料几天后林家来人,说林氏一直没有回家。两家人请了乡邻在附近树林里寻找,结果发现一具无头女尸。林家就此控告温司敬杀妻。

龙门知县受理案件后,将温氏兄弟传来略加盘问,认定是温司礼在哥哥走后“图奸杀嫂”,立即动用大刑逼供。温司礼被屈打成招,承认是强奸未遂,杀嫂泄愤。可是既无凶器,如何能够割下人头?知县就叫书吏把现场勘察笔录改为那具女尸的头部是被野兽咬掉的,无可追寻。退堂后就要师爷草拟判决:按故杀妻亲尊长罪,定温司礼“凌迟处死”。

那位师爷是个精明人,见了这份供词大起怀疑,无论如何不肯结案。师爷化装成游方郎中出署暗访,到附近几个村庄打探,得知树林附近村子里有个叫麻子成的无赖,也就在那几天里夫妻双双失踪。回到衙门里,师爷再三劝告知县先压下这件案子,派捕快追查麻子成夫妇。

县里的捕快扩大了搜寻的范围,不久就在边远山区找到麻子成,而和他住在一起的女人就是林氏。原来麻子成一直嫌自己的妻子强悍不从,那天在路上见林氏独自一人行走,就持刀绑架,回家杀死自己老婆,换上林氏衣服,将尸体拖到树林里遗弃,还砍下脑袋扔到河里,当夜就挟持林氏远走他乡。麻子成被捕后立即承认罪名,按清代法律故杀妻子是斩立决的死罪,麻子成伏法被处决。温司礼无罪释放,温司敬夫妻团圆。

8. 代替官员审案的角色——《河南府张鼎勘头巾》

元代公案戏佳作之一《河南府张鼎勘头巾》,也称《开封府张鼎勘头巾》,简称《勘头巾》,是剧作家孙仲章的作品(一说为陆登善)。

本剧的主人公张鼎,是个在《元史》上有记载、还录入《元朝名臣事略》的历史人物。元至元十一年(1274 年)元军攻下鄂州后,张鼎作为郎中,成功招降了高世杰等宋将,加速了元朝在荆湖地区的扩张。至元十四年(1277 年)张鼎以鄂州达鲁花赤升湖广行省参政,后来又曾任湖北道宣慰使。至元二十三年(1286 年)张鼎再任湖广行省参政,在湖广行省治理中以精明强干闻名。

然而在元代的公案戏中,张鼎都是衙门书吏的角色。考虑到张鼎为主角的公案戏,其历史背景一般都被设置在金朝,可以合理地推测,张鼎或许是在金朝时以书吏出身,因办案神奇出名,到蒙古人入主中原后,得以进一步升任官员,成为名臣。

口角酿成的人命案件

《河南府张鼎勘头巾》戏剧故事开始于一场口角是非。河南府城里乞讨为生的穷汉王小二,到刘员外刘平远家门口乞讨,扔砖块想赶走看门狗,不料砸碎了门外的尿缸。王小二被刘员外浑家责骂,反过来说自己被刘家的看家狗咬伤了。刘平远醉酒出来也责骂王小二,众街坊也都在旁边看热闹。刘平远就说:“若是我家狗咬他,我便写与你保辜文书。若不曾咬着,你便赔我缸来。”众街坊起哄支持。王小二没办法,撸起裤管,丝毫不见伤。众街坊一边起哄,一边也劝王小二赔礼道歉,尿缸就不用赔了。可是刘平远借着酒劲得势不让人,“我这富汉打死你这穷汉,则苦了几文钱”。王小二也反击:“你说这等大话。我大街上撞见你,一无话说。僻巷里撞见你,我杀了你。”刘员外浑家立即加把火:“问他要一纸生死文书,一百日以里,但有头疼脑热,都是你!”弄出一张文书要王小二画了押。刘平远浑家对刘平远说,“王小二要杀了你,我问他要保辜文书”。刘平远倒是清醒过来，对王小二好言相劝，王小二也赔礼道歉，一场吵闹过去。

可是这个刘平远浑家不是个善类，“和太清庵王知观有些不伶俐的勾当”。她与道士王知观商量好，几天后乘刘平远出城讨债，在树林里杀死刘平远，取了刘平远随身的“芝麻罗头巾、减银（成色不足的银制品）环子”回报刘平远浑家。有路人经过树林，发现尸首后通知了刘家，刘平远浑家就到河南府告王小二杀人罪。河南府的昏庸长官没有能力审理，就委托了“把笔司吏”赵仲先主审。赵令史对王小二刑讯逼供，王小二被屈打成招，关入死囚牢。

城外有个卖草的庄稼汉，因为府衙的衙役张千取了他一担草没有给钱，到衙门口找张千讨要，张千一顺手将这庄稼汉也关入死囚牢，要他打个草苫才给钱。正好刘平远浑家要赵令史追赃“芝麻罗头巾、减银环子”，赵令史到死囚牢提审王小二，王小二受不过酷刑，胡乱招供“在萧林城外瘸刘家菜园里井口傍边石板底下压着哩”。赵令史派张千去萧林城外瘸刘家菜园取赃证，并清理监狱，将那个庄稼汉放出。庄稼汉刚出监狱，撞见了前来打探消息的道士王知观。王知观给他吃了个烧饼，庄稼汉就将狱中所见所闻都说了一遍，话音未落，王知观立即赶到萧林城外瘸刘家菜园里，将“芝麻罗头巾、减银环子”放置在井口边,用石板压好。返回时还和张千打了个照面。

张千取得赃证回到府衙,恰好府尹换任。新府尹是女真人氏完颜,是个清官。完颜府尹提审在押犯,觉得王小二不像个杀人凶犯,可是既有口供又有赃证,府尹就签押批准执行死刑。王小二被押出去一路上“叫屈称冤”,正好河南府“六案都孔目”张鼎经过,在向新府尹汇报工作时,乘机提出王小二的案件有疑点。当场要来卷宗和赃证查看,发现问题:“这头巾在菜园里埋伏许多时,可怎生无半点儿尘丝,一星儿土渍?……更这减银上因何不见生涩?”于是府尹下令,要张鼎在三日内复审案件。

张鼎接受任务后,先追问张千获取赃证的经过,“你到瘸刘家菜园里,曾叫那地主和房邻眼同一齐取来么”?张千说是自己跳墙进菜园的,没有惊动地主和房邻。张鼎追问,没有你获取赃证的人证,那么也可以说赃证就是你放置在那里的。张千慌了,仔细回忆取赃证前后的经过,想起那个卖草的庄稼汉。张鼎要张千找到了卖草的庄稼汉,知道取赃证前消息已经走漏。于是把刘员外浑家找来,套取她的口供,顺藤摸瓜,抓住了王知观。卖草的庄稼汉和张千都指证那天见到的就是这个道士。案情大白。张鼎在限定的三日内破了案,完颜府尹判决：

> 奸夫淫妇市曹申明正典刑，将刘员外家私给付王小二管业。赵令史枉法成狱，杖一百流口外为民。老夫罚俸三个月，给赏张鼎。

活跃的刀笔吏

元代公案戏给人印象最深的情节，审案的主角往往是衙门里的“外郎”“令史”之类的刀笔书吏，而不是坐大堂的法官。唐宋时期的传奇中那些明察秋毫的法官角色，以及明清小说里那些公正廉明的清官形象，在元代的公案戏里，往往倒成了配角。甚至绝大多数公案戏里主持初审的地方官员，都是无能无德的丑角。比如《钱大尹智勘绯衣梦》里开封府祥符县理刑官贾虚，上场诗：“小官身姓贾，房上去跑马。‘乒乓’响一声，蹦破一路瓦。……扒上城楼。望下一看，打个筋斗。撞破脑袋，鲜血直流。贴上膏药，勒上包头。疼的我战，冷汗浇流。忙叫外郎，与我就揉。疼了两日，害了一秋。不吃米饭，则啃骨头。”听见有人来告状，“我说外郎，买卖来了。我则凭着你，与我拿将过来”。《救孝子贤母不认尸》里的巩推官上场诗：“小官姓巩，诸般不懂，虽然做官，吸利打哄。”

“我做官人只爱钞,再不问他原被告。”本剧目中的前一任河南府尹,上场诗:“官人清似水,外郎白如面。水面打一和,糊涂成一片。”听了半天原告刘平远浑家的诉词,“他口里必律不刺说了半日,我不省的一句”,还是请出赵令史来审。

元代公案戏里实际审案的书吏角色,大多奸猾贪酷。《钱大尹智勘绯衣梦》王员外来报案,办案的外郎假意要将原告被告都打一顿,急得王员外赶紧伸出三个手指头,暗示可以行贿三两银子,外郎却说“那两个指头瘸了”?王员外只得展开五个指头,外郎才松口,要王员外回家等候。

但是《河南府张鼎勘头巾》里的张鼎,就是一个完全正面的书吏形象。新来的完颜府尹预先就知道他的名声,“一路上来听的人说,这河南府有个能吏张鼎,刀笔上虽则是个狠偻罗,却与百姓每水米无交”。张鼎上场自称:“俺这为吏的人,非同容易也。大凡掌刑名的有八件事。可是那八件事?一笔札,二算子,三文状,四把法,五条划,六书契,七抄写,八行止。”他担任的“六案都孔目”,就是管理衙门里吏、户、礼、兵、刑、工六个部门的文书,上申下达,都要经过他手,类似于今天的政府秘书长。

元代公案戏的这种描写,是元代特有的社会现象。蒙古人入主中原后,没有延续中原地区主要通过科举制度选拔官员的传统，曾停止科举考试八十年，江南也有四十年左右没有开过科，直到元仁宗时才“装饰”性地恢复科举，其实也只有三年一科，到元亡仅仅开过十六科，每科七十多人。从这个数字可以见出，整个元代，汉族士人通过科举能走上仕进之途至多千把人而已。官僚队伍主要依靠书吏根据年资逐步升迁来进行更新。《元史·选举志》总结说：“吏有补用之法，曰掾史、令史，曰书写、铨写，曰书吏、典吏，所设之名，未易枚举；曰省、台、院、部，曰路、府、州、县，所入之途，难以指计。虽名卿大夫，亦往往由是跻要官、受显爵；而刀笔下吏，遂致窃权势，舞文法矣。”

“保辜文书”

本剧起首王小二和刘平远夫妻的纠纷，里面两次提到了“保辜文书”。第一次是王小二讹称自已被刘平远家的狗咬伤了，要刘平远给他出一个“保辜文书”。第二次是因为王小二扬言要杀了刘平远，被刘平远浑家逼着立了“保辜文书”，说是只要在百日之内，刘平远意外死亡的，都要王小二负责。

“保辜”确实是中国传统刑事法律中一个重要的制度，它的内容是斗殴或其他的伤害事件中，加害人或有责任的一方，要对受害人在一定期限之内的伤势后果负责。按照后世的法律解释文本,“保,养也。辜,罪也。保辜,谓殴伤人未至死,当官立限以保之。保人之伤,正所以保己之罪也”。

保辜制度至少在西汉就已经形成。湖北江陵张家山汉墓出土的竹简,有一条汉律条文明确规定:“斗伤人,而以伤辜二旬中死,为杀人。”动手打伤别人的,在二十日之内如果受害人因伤死亡,动手的人就要作为杀人罪处罚。

后世这一制度逐渐细化,到了唐代法律,规定保辜的期限为:“手足殴伤人限十日,以他物殴伤人者二十日,以刃及汤火伤人者三十日,折跌支体及破骨者五十日。”仅仅使用手足伤人的,保辜期限为十日;使用了砖块木棍之类物件伤人的,保辜期限为二十日;如果使用了有刃口的刀具、滚烫的开水、燃烧的火把伤人的,保辜期限为三十日;如果打断了他人肢体或造成开放性骨折的,保辜的期限就是五十日。另外,明确规定,饲养的动物伤人的,按照“他物伤人,保辜二十日”。这个制度被两宋金元全盘继承。所以本剧中王小二讹称被狗咬伤,就应该要保辜二十日。

但是刘平远浑家要王小二立的第二个“保辜文书”,就完全没有法律效力。设立保辜期限的前提是要有伤,刘平远根本没有受伤,何来保辜之说?那实际上是一个民间自行订立的“保命文书”而已,除了表现刘平远浑家的刁蛮霸道外,毫无法律意义。后来剧情的发展，这个“保辜文书”并没有作为定案的根据。

假对证的诱供

《河南府张鼎勘头巾》中张鼎最后破案的情节也是别出心裁。

张鼎对案件发生怀疑是基于常识：压在井边石板下半年多的头巾竟然没有污痕，裹着的“减银环子”也没有出现糙斑。而且他又凭直觉推定，奸猾的赵令史主审肯定是收受了贿赂才这样卖力办案，反过来正好又说明作为原告还要行贿，刘平远浑家肯定心中有鬼。他还凭着一面之缘，认定刘平远浑家不是个良善妇人，丈夫横死没有表现出什么悲痛，只有要王小二抵命的猖狂。因此张鼎的推理逻辑是：可以肯定这妇人有奸夫，而这个奸夫应该就是凶手，也应该就是那个及时放置了赃证的人。

可是张鼎的办案期限只有三天，找到那个卖草的庄稼汉已经花了两天，只搞清楚取证那天消息已经走漏，至于凶手究竟是谁，还完全没有头绪，而最后一天必须要迅速查明实情。所以张鼎采用的不是正常的审理手段。

张鼎要张千传唤刘平远浑家到庭，告诉她，现在王小二翻供,说他没有杀刘平远,“说是你的奸夫杀了来”。张鼎试图以此突然袭击这女人的心理防线,想不到这女人一点不慌,“你说我的奸夫可是甚么人”?张鼎进一步讹她,“你那奸夫,不是俗人是个先生”,而且已经抓捕到案,“他可早招了也。那厮被我拿将来了”。然后张鼎引诱刘平远浑家,“明明都是你起意谋杀员外,我如今替你逐脱了这桩事,你可怎生相谢我?”那女人果然中了张鼎的圈套,“我送五两银子与孔目”。张鼎顺便再问:“你与了赵外郎几个银子?”“我与了两个银子还说少哩。”

张鼎得到了初步的结论,刘平远浑家确实是杀夫主谋。他又进一步诱供:“我如今拿出那厮来,我一桩桩问的来,你便一桩桩都推在他身上,着他替你员外偿了命,你便无事,你可送我几个银子。”那女人确认送五个银子。张鼎要她画个押,说是收据,“你画与我个字儿,我明日好讨”,实际上是先固定好行贿的证据。

张鼎要张千把那个卖草的庄稼汉套上麻袋、戴上木枷带上来,站在刘平远浑家的对面。预先叮嘱庄稼汉只管点头摇头,不要开口。张鼎说是要两人对质,那女人以为王知观已经出卖了她,不知不觉说出杀夫情节,承认通奸半年,杀夫的起意是对方。张鼎说对方供称姓李,那女人更正姓王,“他身上道袍,还是我买与他的",这样张鼎知道了奸夫是个姓王的道士。又诱供"他道是家住在三清观里",那女人又纠正"是太清庵里王知观"。张鼎这才揭去庄稼汉头上套的麻袋,这下彻底击垮了刘平远浑家的心理防线,只好认罪。张鼎立即下令抓捕王知观到案,张千和卖草的庄稼汉都指认就是那天路上撞见之人。王知观还想狡辩几句,顶不住一顿拷打,认罪认罚。

本剧中张鼎这段破案的情节,写得曲折离奇,又合乎情理,具有很强的戏剧效果。也很好地表现了张鼎作为"能吏"的能耐。但是从今天的眼光来看,这些使用诈术的破案手段实在是不可提倡,试想如果是心术不正的书吏使用这样刑讯逼供为后盾的诱供手段,会造成怎样更加严重的冤案。

9. 诈术破案的典范——《张孔目智勘魔合罗》

另外一部以张鼎为主角的元代公案戏佳作,是孟汉卿的《张孔目智勘魔合罗》。

"魔合罗",也写作"磨喝乐",是梵语 mahoraga 的音译,原来是指佛教八部众神之一的摩睺罗神。传入中土后,逐渐演变为土木玩偶的称呼,其形象也由蛇首人身,逐渐演化为可爱的儿童形象。到了唐代,民间已经形成习俗,用土木小人像玩偶,作为赠送给姻亲家的礼物,也叫"化生",供养在家以祝祷生育男孩。两宋时,演变为在"七夕节"供奉牛郎、织女的玩偶。

七夕节,就是七月初七,在整个欧亚大陆,古代都流行对"七"这个数字的迷信,认为"七"代表转折、机遇、巧合,七月初七有两个七,很早就成为“乞巧”的日子,女孩在这一天会受到祝福,成为心灵手巧的姑娘。传说中牛郎、织女也在这一天可以渡过鹊桥相会。据《东京梦华录》记载,每年的七夕节,无论城乡官民,都要用“磨喝乐”来供奉牛郎、织女,借此来实现“乞巧”和多子多福的愿望。而在这个剧目中,魔合罗是一个重要的道具,成为张鼎破案的主要突破口。

堂弟谋害堂兄的凶案

故事发生在金朝时期,河南府录事司醋务巷住着两户李姓人家。一户是李老汉李彦实和他的儿子李文道,李文道开了个生药铺,人称赛卢医。另一户是李彦实的侄子李德昌和媳妇刘玉娘、小儿子佛留,李德昌开着个绒线铺。因为李德昌被算命先生算了一命,说是面临“百日之灾”,必须到千里之外地方避灾。李德昌就带了十锭银子做本钱,到南昌地方去做买卖,百日之后才回家。

几个月过去,李德昌在南昌的买卖做得很顺利,“利增百倍”,挑了一担“金珠财宝”回家。到了城外遭遇暴雨,躲进路边一个破旧的五道将军庙,因为受寒,一病不起。恰好有个卖魔合罗的货郎高山,也到破庙里躲雨。天晴后高山要去城里,“赶这七月七,入城来卖一担魔合罗”。李德昌挣扎不起,央求高山到自己家带个口信,要刘玉娘前来搭救,找醋务巷的李德昌绒线铺,“俺家里有一遭新板闼住两间高瓦屋。隔壁儿是个熟食店,对门儿是个生药局”。

高山进城问路,正好在醋务巷口遇见了李文道,一打听高山要传的口信,李文道起了贪心,说这里是小醋务巷,李德昌住大醋务巷,给高山指了个反方向,“你投东往西行,投南往北走,转过一个湾儿,门前有株大槐树,高房子,红油门儿,绿油窗儿,门上挂着斑竹帘儿,帘儿下卧着个哈叭狗儿,则那便是李德昌家”。自己迅速赶到城外的五道将军庙,给李德昌下了副毒药,挑走了金珠财宝的担子。高山在城里转了一大圈才找到李家,传递了口信,顺便送了个魔合罗给佛留玩。刘玉娘赶到五道将军庙时,李德昌已经昏迷不醒,用牲口驼到家,李德昌七窍流血而亡。

刘玉娘去找李文道商量后事,李文道说:“哥哥做买卖去了,你家里有奸夫,见哥哥回来,你与奸夫通谋,药杀俺哥哥也。”然后李文道就威胁刘玉娘:“官休,我告到官司,教你与我哥哥偿命;私休,你与我做老婆便了。”刘玉娘不从,李文道就揪住她到县衙门告状。

本县的县官又是个贪昏之官,“我做官人单爱钞,不问原被都只要。若是上司来刷卷,厅上打的鸡儿叫”。见李文道来打官司，倒过来要给李文道下跪，“但来告的，都是衣食父母”。问了半天，也不知道什么情况，还是请出萧令史。这个萧令史认识李文道，前日“在他门首借条板凳也借不出来”，一上来就要衙役打李文道。李文道赶紧伸三个手指，“令史，我与你这个”。萧令史回他：“你那两个指头瘸？”李文道答应了，萧令史这才认李文道是原告，将刘玉娘几顿痛打，刘玉娘无奈，“我且含糊招了罢。是我药杀俺男儿来”。被押入死囚牢。县令知道萧令史得了五个银子，“你须分两个与我”。

县令将案件上报到河南府，新任的完颜府尹亲自提审，刘玉娘因为受萧令史威胁，不敢当堂翻供，被府尹判决，带出行刑。到府衙墙外，失声痛哭喊冤。六案都孔目张鼎下乡劝农刚回到衙门，见此情形，拦下衙役。借着汇报工作，向完颜府尹提出暂缓行刑。调取卷宗一看，张鼎立刻指出“上面都是窟窿”。首先李德昌离家时带了“资本课银一十锭”，现在银子未见下落。传口信的人也未曾到官作证。尤其是所谓奸夫何在？合谋人是谁？“怎生葫芦提推拥他亡云阳”？萧令史赶紧挑拨：“大人，张鼎骂你葫芦提也。”完颜府尹一怒，叫张鼎“近前来，这桩事就分付与你，三日便要问成”。

张鼎再审刘玉娘，从那个不知名的带信人开始。因为与衙役说起日子，提醒了刘玉娘，“孔目哥哥，我想起来也。当年正是七月七,有一个卖魔合罗的寄信来,又与了我一个魔合罗儿”。衙役立即到李家堂屋搁板上找来魔合罗。张鼎仔细观察,发现魔合罗的底部有“高山塑”字样,派人找到卖魔合罗的高山,和刘玉娘相认。并问出当时高山是在生药铺门前被指错路的,很容易就锁定了李文道为主要嫌疑人。张鼎再用诈术诱出李文道供词,最后结案。完颜府尹判决:

> 本处官吏不才,杖一百永不叙用。李彦实主家不正,杖八十,年老罚钞赎罪。刘玉娘屈受拷讯,请敕旌表门庭。李文道谋杀兄长,押赴市曹处斩。老夫分三个月俸钱,重赏张鼎。

李文道能否娶玉娘

这个剧目有一个预伏的情节,就是李文道一直看上刘玉娘,时常会去堂兄家搭讪。李德昌临行前和叔父告别,要叔父照顾家中妻小。刘玉娘和他说起这个小叔子不正经,还被李德昌责骂。李德昌外出后,李文道果然又去调戏刘玉娘,刘玉娘告诉了李彦实,李彦实将李文道打了一顿,禁止他再去李德昌家。所以李文道听说李德昌得病,“他如今得病了,我也不着嫂嫂知道。我将这服毒药走到城外药杀他,那期间老婆也是我的,钱物也是我的”。他并不简单的是谋财害命,还打算人财两得。所以他胁迫刘玉娘“私和”,要刘玉娘嫁给他。

那么堂兄去世后,堂弟能否娶堂寡嫂?

按照唐宋时期的法律,实际上这是违法行为。《唐律疏议·户婚律》规定:“诸尝为袒免亲之妻,而嫁娶者,各杖一百;缌麻及舅甥妻,徒一年;小功以上,以奸论。妾,各减二等。并离之。”“袒免亲”主要是指同父系六代以内的平辈亲属,“缌麻亲”主要是指同父系五代以内的平辈亲属,“小功亲”主要是指同父系四代以内的平辈亲属。这条法律规定的是,曾经是六代以内同父系平辈亲属的妻子,无论是其丈夫去世、离异,都不能够与之结婚,已结婚的要处以杖一百的刑罚,并且强制离异。如果与曾经是自己五代平辈亲属,或者是和外姓不同辈份亲属比如舅舅、外甥的妻子结婚的,处罚加重一等,处以徒刑一年。如果与曾经是自己四代以内的父系平辈妻子亲属结婚的,就要按照通奸罪来处罚,判处一年半徒刑。唐代的这项法律被宋朝沿袭,而北方的金朝也将《唐律疏议》稍加改编,称《泰和律义》作为自己的法典。因此应该说在《张孔目智勘魔合罗》故事背景的时代,这项法律依然是有效的。在本剧目中,李文道和李德昌是堂兄弟,属于法律上的“大功亲”(三代以内平辈亲属),李德昌死后,李文道要娶李德昌的妻子刘玉娘,就是符合法律规定的“小功亲以上”,要作为通奸罪处理,加重判处徒刑两年,强制离异。

而在这个剧目流行的元朝,情况又有点变化。《元史·乌古孙良桢传》提到,蒙古部落中,就有“父死则妻其从母,兄弟死则收其妻”的习俗。蒙古人入主中原后,这种习惯法依然施行,但考虑汉族固有的法律与这项习惯法的冲突,则由朝廷下令限制。《元史·刑法志》所载元代法律规定:“诸兄收弟妇者,杖一百七,妇九十七,离之。虽出首,仍坐。主婚笞五十七,行媒三十七。”这条法律专门针对汉人、南人。这项法律规定比唐宋法律显然已经宽大了很多,只是禁止曾为亲兄弟之妻的婚嫁。至于本剧目中这样的曾为堂兄弟之妻,法律并没有明确地禁止。所以从这个剧目创作、流行的元代来看,李文道想娶堂兄寡嫂的念头本身并不违法。

值得注意的是,后来由于明初统治者认为兄长死后弟弟娶寡嫂为妻或弟弟死后兄长娶弟妇为妻,是和父死娶父妾一样的乱伦行为,是由蒙古族带入中原的“胡俗”,因此大大加重了曾为亲属妻的嫁娶行为的处罚,甚至明确规定凡兄亡弟娶嫂、弟亡兄娶弟妇,要处以绞刑。

诈术诱供的套路

这个剧目里最后张鼎破案手法一如既往地使用诈术。

在锁定李文道的嫌疑后,张鼎派衙役将李文道传到衙门,却并不是作为罪犯来审讯,而是求医问药。“老相公夫人染病,这是五两银子,权当药资,休嫌少。”李文道放下心来,“我随身带着药,拿与老夫人吃去”。片刻后衙役慌慌张张来报告,“老夫人吃了药,七窍迸流鲜血死了也”。张鼎立即翻脸,责问李文道。李文道慌了神,“孔目哥哥救我”。张鼎假装好心好意,“我如今出脱你,你家里有甚么人”?李文道说起自己有个八十岁的老父亲。张鼎就说“老不加刑,则是罚赎”。对李文道建议,将事情都推到老父亲头上去,这样李文道可以脱罪,老父亲也不受苦,只是花点钱财。李文道满口答应。

张鼎派人叫来了李彦实,将李文道关在门的另一边,父子彼此不照面。然后张鼎先向李彦实说明,“是你孩儿李文道告你”。又转到李文道那边,高声审问:“谁合毒药来?”李文道回答:“是俺父亲来。”张鼎又问:“谁生情造意来?”李文道回答:“是俺父亲来。”张鼎再问:“谁拿银子来?”李文道回答:“是俺父亲来。”张鼎再问:“都是谁来?”李文道答:“并不干我事,都是俺父亲来。”张鼎再转到李彦实这边,“兀那老子,快快从实招来”。李彦实喊冤:“这都是他做的事,怎么推在我老子身上?”把李文道的罪行托盘告出,张鼎记录下来,要李彦实画了押。然后打开门,李彦实上前痛打李文道:“药杀哥哥也是你,谋取财物也是你,强逼嫂嫂私休也是你。都是你来,都是你来。”李文道后悔不迭,“我招的是药杀夫人的事”。张鼎得意洋洋:“只着这些儿见识,瞒过这老无知。却不你千悔万悔,泼水在地怎收拾。”

这里提到的八十岁以上的老年人不受刑罚,确实是中国传统的法律内容。《唐律疏议·名例律》继承秦汉以来的传统,明确规定凡年满十五岁至七十岁未满的人犯罪要依律处罚,而未满十五岁的“小”,与年满七十岁以上的“老”,犯罪可以减轻或替换处罚方式。残疾人相应分为“废疾”和“笃疾”两档。规定凡七十岁以上、十五岁未满以及“废疾”(痴呆、哑巴、侏儒、一目盲、一肢折)者触犯流罪以下罪名,一般可以“收赎”(以铜赎罪不处刑罚);八十岁以上、未满十岁以及“笃疾”(癫狂、两肢折、双目盲、又聋又哑)者,触犯杀人之类的死罪罪名,可以“上请”(向皇帝请示处置方式),死罪以下罪名可以收赎;九十岁以上、未满七岁,即使触犯死罪罪名,一律不予追究。这项法律历宋元明清都没有改变。在这个剧目中李彦实满了八十岁,因此确实如张鼎所说,就是认了杀人罪也不至于被处死。况且他讹诈李文道的只是个"庸医杀人"的罪名,按照唐宋金时代的法律,只判徒刑两年半;而按元代的法律,不过是处杖一百七下。完全可以适用以钱财顶罪的赎刑。

另外一个问题是,李彦实了解李文道犯罪行为,为什么不主动揭发李文道?这又是中国传统法律的另一项颇有特色的制度,"同居者和亲属有罪相为隐"。这是儒家一贯强调的原则,《论语·子路》"父为子隐,子为父隐,直在其中矣"。战国以及秦朝规定亲属之间应该揭发彼此的犯罪行为,否则就要连坐。西汉开始逐渐修改法律,允许三代之内的亲属相互隐瞒犯罪行为。《唐律疏议·名例律》规定凡同财共居的家庭,无论是否同一户籍,也无论相互之间是否有服制关系,相互之间得以"容隐"罪行,不构成窝藏罪。包括部曲、奴婢都应该为主人隐瞒罪行(主人则没有为部曲、奴婢隐瞒罪行的义务)。另外即使并未同居的大功以上的亲属,以及外祖父母、外孙、孙媳妇、夫之兄弟及兄弟妻之间也可以互相"容隐",即使是为罪犯通风报信、提供逃跑、隐藏的条件仍然不算犯罪。小功以下亲属相互隐瞒罪行的,也可以比照常人减三等处刑。这些制度也是历宋元明清无所改动。因此张鼎没有办法正面要求李彦实配合,提供李文道的犯罪事实,这才想出让父子间隔,引发李彦实对逆子李文道的愤怒,从而吐露实情。

10. 一根荆钗定姻缘——《荆钗记》

打动人心的苦命夫妻故事

《荆钗记》是一个历史悠久的剧目。元代苏州作家柯丹丘创作了南戏(宋代以来流行于南方地区的戏曲形式)《荆钗记》,在明清时期被广泛编演,很多剧种都移植改编。但基本故事情节与戏剧结构都没有大的变化。

近代京剧《荆钗记》的故事是这样的:钱载和有女钱玉莲,打算许给老朋友王氏之子王十朋为妻,可是钱载和的继室孙氏则要将钱玉莲嫁给自己的侄子孙汝权,互争不决,只得将两家聘物陈列由钱玉莲自择。钱玉莲选中的恰是王十朋所送"荆钗",决计嫁给王十朋。婚后不久,王十朋赴考得中状元,可是因为没有答应宰相秦桧的招赘,被贬谪潮州去当"佥判”。孙汝权假造王十朋家书，声称王十朋已在相府招亲，改钱玉莲为妾。孙氏因此逼迫钱玉莲改嫁孙汝权。钱玉莲不从，悲愤投江自尽，恰巧被福建安抚使邓杰侯所救。王十朋遣人接母至潮州，闻钱玉莲噩耗，哀痛几绝，孙汝权亦因钱玉莲之死而投江自尽。邓杰侯携夫人出巡潮州，伪称有女，强婚王十朋，更索荆钗为聘。洞房之夕，真相始明，夫妻团聚。

“荆钗”的象征性意义

《荆钗记》中最重要的道具“荆钗”，是中国历史上具有象征性意义的物件。

荆也叫牡荆、荆条、黄荆，属于马鞭草科的一种落叶灌木。“荆钗”就是用荆条制成的极其简陋的发卡，是贫家妇女用以束发的工具。

《后汉书·逸民传》记载，东汉初年的隐士梁鸿听说有个同乡孟氏的女儿孟光一直仰慕自己，年过三十仍然未成婚，于是也不管孟光那又黑又胖的长相，毅然聘为妻子，要求女家以布衣、麻鞋、织具、农具为嫁妆。孟光刚做新娘，难免穿着打扮一番，可入门七天，梁鸿没有理睬过孟光。孟光跪倒床前请教，梁鸿才说：“我娶妻是要能够一起过隐居生活的，你这样穿丝绸、抹胭脂,可不是我愿意见到的。”孟光于是把头发的发髻梳得高高的顶在后脑勺上便于劳作,穿着粗布衣服下田干活。梁鸿非常喜欢。后来梁鸿为躲避迫害隐名逃到江南,为一户大地主家舂米,住在简陋的披屋里,可每次吃饭的时候,孟光还是“举案齐眉”,以示尊敬。因此后世传为夫妻相敬如宾的美谈,孟光作为贞节妻子的典范。《太平御览》引《列女传》里就将孟光的衣着形容为“荆钗布裙”,表彰她安于贫困、严守妇道。后来还演变成谦称自己的妻子为“荆室”“拙荆”。

南朝刘宋时,虞通之为江南名士江敩撰写的婉拒皇室通婚要求的表文里说,自己家很穷,儿子将近二十岁,已经定了婚,“荆钗布裙,足以成礼”。由此,“荆钗”又和聘礼搭上了关系,讹传为梁鸿以“荆钗”为聘礼,娶到孟光为妻。在元代南戏《荆钗记》里,来王家说亲的许将士和钱玉莲的父亲钱贡元,一见王母以荆钗为聘礼,都立刻喜欢道:“昔日汉梁鸿聘孟光,荆钗遗下,岂不是达古之家?”“论荆钗名本轻微,汉梁鸿已仗得妻,芳名至今留传于世。”都觉得是个夫妻和合的好兆头。京剧里钱玉莲回绝继母的唱词也说:“母亲休把怒气生,女儿来说听分明:荆钗虽非金银制,休要把它看得轻。汉朝梁鸿孟光配,达古之物今犹存。”

荆钗和彩礼

荆钗确实是“达古之物”,几乎毫无价值可言。这样的东西似乎只能作为定情的表征之物,作为正式的聘礼就实在是太寒酸了。

在近代京剧《荆钗记》中,钱载和到王家提亲时,王母以家贫为由推辞。

王母(白):“承蒙员外见爱,只是家中贫寒,不敢遵命。”

钱载和(白):“嗳,只要女婿才貌双全,聘礼何拘轻重!”

王母(白):“员外乃富庶之家,老身乃贫寒之户。惟恐玷辱令媛。”

钱载和(白):“老夫人何必太谦,此乃是老夫情愿。”

王母(白):“既是员外不弃寒微,肯赐婚配,感激之甚。啊,儿呀,你父死后,无有所遗,只有这支荆钗——”

(王母拔钗)

王母(白):“就拿它做为聘礼吧!”

钱载和回家回报继室孙氏,孙氏恰好接到侄子孙汝权的

“定礼”,是有三钱多重的“金钗”。而钱玉莲愿意接受荆钗、而不要金钗。孙氏大为光火:“嘿!我把你这老东西啊,你不是非要给王家吗?也成!我要他不过三天,就得抬亲,还要五百两银子的彩礼;叫丫头光着上轿,什么都不给。要是不成,咱们就吹!可他妈的把我气死喽!”

钱载和无奈,赶紧偷偷吩咐手下:“速备纹银一千两,急速送到王家,叫他三日之内,前来抬亲。快去,快去!”终于达到孙氏的要求,钱玉莲出嫁到王家。

显然,在京剧《荆钗记》的编演者看来,荆钗确实只能算是个象征性的“定礼”,不是正式的“聘礼”,所以才有后来钱载和暗赠银两来为王家做“彩礼”的剧情。

但是在元代南戏《荆钗记》原作里,并没有钱玉莲父亲暗中资助王家再给聘礼、财礼的情节。而竞争者孙汝权一次下聘,“买牛马便说价钱,亲事只说财礼”,立刻“取金钗一对,压钗银四十两”,要媒婆带过去。并向媒婆许诺:“妈妈,成亲之后,自有礼物登门谢媒。花红羊酒锦段赠之。”在谎报王十朋被宰相招赘后,孙汝权再下聘礼:“如蒙允肯,事不宜迟,小子今日送财礼,明日就要成亲。[丑]孙官人,你送什么财礼?[净]我送黄金一百两,段子一百匹,胡羊、宝钞、好酒,都是一般送。”

作为成婚要件的聘礼

从古代法律的要求来说，确实并不需要聘礼具有一定的财产价值。中国古代一直采用聘娶婚制，至少从西晋时开始，“崇嫁娶之要，一以下聘为正，不理私约”（《晋书·刑法志》总结的晋代法律特点），聘财是司法当局判定婚姻关系是否成立的标志。

唐代法典《唐律疏议·户婚》规定，判断是否已成立婚姻关系可以看两个条件：“已报婚书”或者“已受聘财”。所谓“婚书”是指男方家长的求婚书和女方家长的答婚书，不过这并非不可或缺，“虽无许婚之书，但受聘财亦是”，也就是说最重要的还是女方家长曾经接受过男方家长的聘财（彩礼）。这条法律的注解还明确，“聘财无多少之限”，请客吃饭不能算聘财，可是如果是将酒食作为礼物提供给女方、而女方也接受的，酒食之类的食物也可以视为聘财。

聘财是最重要的婚姻关系成立要件，唐律法定解释是这样宣称的：“婚礼，先以聘财为信。故礼云：聘则为妻。……即受一尺以上，并不得悔。”即使是价值仅一尺绢帛，婚姻就算成立。如女方家长在接受了聘财后反悔的，要处杖六十；悔约并将女儿另外许配他人的，要处杖一百；已另外成婚的要处徒一年半。所有的这些情况在处罚外,“女追还前夫”,女儿必须出嫁给原来提交聘财的男家。

成立婚书或接受聘财后,男方也承担在一定期限内举行亲迎仪式成婚的义务。唐《户令》规定,男方下聘财定婚后,无故在三个月后仍不迎娶的,或者是逃亡失踪超过了一个月的,或者是触犯了要判处徒刑以上罪名的,女方都有权终止这个婚约,宣布离婚。也许这个终止婚约的时限太短了,南宋时把定婚与迎娶的时限规定为三年,“诸定婚无故三年不成婚者,听离”。

因此,元代南戏《荆钗记》里的“荆钗”,就是聘礼、就是那没有财产价值的“财礼”,王十朋和钱玉莲的婚姻就此成立。在南戏《荆钗记》里,钱玉莲父亲回到家,孙氏与他大吵:“虽然是我女低微,他将我恁般轻觑。一城中岂无风流佳婿?老员外,偏只要嫁着穷鬼。老许,你做媒氏,疾忙与我还他的财礼。”而钱父则反驳:“这财礼虽是轻微,你为何讲是说非?婆子,你不晓得,那王秀才是个读书人,一朝显达,名登高第,那其间夫荣妻贵。这财礼呵,纵轻微,既来之,且宜安之。”

直到明清时期,民间俗谚仍有“寸丝为定”的说法,意思是聘礼即便只有一寸长的蚕丝,也算是婚姻的“定礼”。

民间习俗上的讲究

古代法律并不规定聘财的种类、规格、数量，只要求是有形的物件就可以。可是民间并不认同。因为在古代，婚姻关系中双方当事人的重要性远远比不上两个家族的重要性，无论贫富贵贱，双方的家族都要从经济利益角度对婚姻的缔结进行衡量。出嫁女儿，毕竟是获取一笔资金的重要途径。

从明清小说一些有关婚姻的故事来看，当时社会普遍认可下聘即成定婚的原则，但是聘礼还是要有一定的现金数量。

比如明代小说《拍案惊奇》卷之十“韩秀才乘乱聘娇妻　吴太守怜才主姻簿”，讲的是明朝嘉靖初年，浙江世面上一度传出谣言，说是皇帝要在浙江“选秀女”扩充内宫。浙江各地有女儿的人家都急着找人家定婚来逃避。台州有个穷秀才韩子文，被开典当的徽州人金朝奉看中，拉来当女婿。韩子文将自己历年积攒的教书“束脩”银子，买了些“衣段首饰”，和着一些“现银”，总共大约五十多两银子作为聘财，送到金朝奉家。金朝奉还觉得他“礼不丰厚”，但也只得收下。

《二刻拍案惊奇》卷三十“瘗遗骸王玉英配夫　偿聘金韩秀才赎子”里提到，黄翁为养子聘妻，花去“下聘之资也有四十金(即四十两银子)”，要求亲生父亲偿还此笔聘财后才可以领回儿子。

另一部明朝小说《型世言》第三回“悍妇计去孀姑　孝子生还老母”,提到为娶一位四十多岁的寡妇,吝啬的桐乡绸缎商人章必达,“肯出半斤银子(八两白银)”为聘财。第十三回“击豪强徒报师恩　代成狱弟脱兄难”,有钱的坏学生富尔谷在老师去世后,假意借给师娘“五十两银子、两个(匹)段(缎)子、两个纱”,意图将此债务作为聘财,将老师的女儿娶回来当二房。第十九回“捐金有意怜穷　卜屯无心得地”里,媒婆为穷农户议亲,“一个二婚头,也得八九两,她须是黄花闺女,少也要十二两”。后来果然是以十二两银子下聘。第二十五回“凶徒失妻失财　善士得妇得货”,提到装在箱子里的聘财清单:“聘礼红花绸一匹,沙绿花绸一匹,聘银四锭十六两。”

总之,聘礼总是需要一定量的现金,中等人户、小户人家,一般是在十几两到几十两银子。按照当时一般物价,一个单身汉一年的生活费用大约要十几两银子,因此聘财大致相当于一个单身汉一至几年的生活费用。这种强大的民间习惯,使得剧作者们在改编《荆钗记》这部名剧时,不得不加入偷赠彩礼银两的情节,来适应观众的“心理需求”。

11. 神通广大的苍头——《昆仑奴》

明代杂剧《昆仑奴》，是梅鼎祚创作的剧目。这个故事早在唐代已广泛流传，唐代作家裴铏创作的唐代传奇（小说）《昆仑奴传》（收录于《太平广记》），基本奠定了整个故事的结构以及主要人物和主要的情节。明代另一个作家梁辰鱼，也根据这个故事，以女主人公为主线，撰写过《红绡》杂剧。明清时期的小说戏曲作品也常用这个故事的典故，诸如“磨勒之谋”“红绡之计”，成为仗义侠士成人之美、多情女子追求幸福的成语。直到近代京剧仍有《盗红绡》的剧目，也是这个故事的衍变。

沉沦剑仙的传奇

《昆仑奴》的故事并不复杂。唐代中兴名将、汾阳王郭子仪退休闲居,为避免朝廷权斗政治迫害,“以此多买些歌儿舞女,暂且图暮乐朝欢,聊学那王翦置田,萧何请苑”。郭子仪老友的儿子崔生前来探望,随行的有崔家的昆仑奴磨勒。郭子仪的歌妓红绡在席间接待,“以甘酪沃绛桃进崔生点茶”,接见结束后,又要红绡代为送客。红绡“看那生貌如冠玉,声似掷金。举止安详,发言清雅,是好托终身的”,送行时伸出三指,又三反掌,再指胸前镜子,“崔郎记取”。

崔生也对红绡一见钟情,但是不知道临行前红绡的手势是什么意思,回家路上一路愁蹙,磨勒相劝,崔生道“你是个厮养们苍头辈,只好做酒囊饭袋,图它些酩酊膨胜,那晓得我心中事来”?不料磨勒轻易解谜:“立三指者,它宅中有十院歌姬,此乃第三院也。反掌三者,数十五指,以应十五日之数也。胸前小镜子者,说那十五夜月圆如镜,叫郎君来也。”于是磨勒陪了崔生在月圆十五夜间私闯汾阳王府,磨勒杀死护院猛犬,背着崔生翻越“十重高垣”,找到在第三院吹箫坐等多时的红绡,磨勒又背负两人,连续翻墙而出。

崔生与红绡结合两年后,到曲江游玩,被郭府家人发现,磨勒掩护崔生与红绡逃亡,出头坦承自己才是首谋。郭府派来将官“统领甲士五十人,只擒昆仑奴一人,须为天下除害”。磨勒大笑:“可笑可笑!你见害天下的,那里是俺这一班贫贱的人？”腾身一跃，“飞出高垣，瞥若翅翎，疾同鹰隼”，不见了踪影。

原来磨勒“本结仙胎，旁通剑术。驱神役鬼，出有入无。只为那尘缘未尽，薄谪难辞，就托迹在崔老爷家，做个苍头”。完成帮助崔生红绡结合大事，“谪限已满”，将回仙界，临行前约了崔生和红绡在立秋那天告别，“愿你夫妻们直到头”。郭子仪闻讯赶来，“我荐你做个羽林郎了，你怎生又去也”？磨勒却倒过来劝告郭子仪：“识时务闲中罢手，讨便宜忙里抽头。也须要关前顾后，那些个天长地久。你呵到如今得休好休，挂风帆得收好收，呀！急须防江心船漏。”郭子仪也顿悟，决心“辞官入道”。

什么是昆仑奴？

唐宋时期的昆仑奴与现代地理意义上的昆仑山没有什么关系。按照《旧唐书·南蛮传》的说法：“自林邑已南，皆卷发黑身，号为昆仑。”林邑是指今天的越南南部，也就是说，在当时的地理概念上，整个越南南部往南的广大地域都称为“昆仑”，而那里的居民都是卷发和深色皮肤的。从那里贩运过来的奴隶，就叫昆仑奴。

昆仑奴在唐代已成泛称，在诗句、传奇中已很常见。宋人朱彧笔记《萍洲可谈》说“广中富人多蓄黑奴”,而清人屈大均《广东新语》总结说“昆仑奴,唐时贵家大族多畜之”。可见唐宋时期,这种卷发和深色皮肤的奴婢相当常见。

至于昆仑奴究竟是什么种族?来源地究竟为何?这个问题至今还难以得出能够被普遍接受的结论。法国人费琊1919年发表《昆仑及南海古代航行考》,认定昆仑概念是整个东南亚海域的通称,昆仑奴是南海贸易的重要商品之一,但是昆仑奴不一定来自这个海域,很可能也包含从印度洋沿岸地区贩卖过来的人口。1930年,吴晗在《现代学生》发表《昆仑奴考》,认为昆仑奴就是马来亚地区土著人。不过现在学界一般不再将昆仑奴限定在某一特定的种族,因为卷发深肤的身体特征是广大热带地区很多民族都具有的,而现在发现的资料表明,昆仑奴除卷发特征外,肤色由棕色到纯黑,身高从矮个到高个,都各有差别。很可能是来自当时南海贸易所涉及的南太平洋、印度洋沿岸的很多地点。

昆仑奴为什么被唐宋富贵阶层广泛豢养,主要是因为昆仑奴特别忠诚于主人。明朝人王士性《广志绎》中叙述昆仑奴的特点最为典型:“番舶有一等人名昆仑奴者,俗称黑鬼,满身如漆,止余两眼白耳。其人止认其所衣食之主人,即主人之亲友皆不认也。其生死惟主人所命,主人或令自刎其首,彼即刎,不思当刎与不当刎也。其性带刀好杀,主人出,令其守门,即水火至死不去,他人稍动其扃钥则杀之,毋论盗也。”昆仑奴只认主人一人,只听从主人命令,连主人要他们自杀也会毫不犹豫去执行,不会去思考原因。主人出门后受命看家,哪怕就是发生水灾、火灾也不会逃跑,有人稍微动一下门锁,就立刻拔刀杀之。

昆仑奴如此忠诚的原因之一,很可能确实如吴晗所言,他们被带到远离家乡的地方,举目无亲;又因为身体特征特别明显,很难叛逃。另外,相对于庞大的汉族人口,昆仑奴的数量是极少的。“物以稀为贵”,主人花费不赀,主要将昆仑奴当作自己地位和财富的象征,不至于过度凌虐或作为一般的劳动力使唤,像崔生这样将昆仑奴当作保镖和管家的可能性更大。那么,这些昆仑奴的生活待遇应该算是过得去,这反过来也会使昆仑奴产生感激之情,而效忠于主人。

古代的奴隶制度

知道了什么是昆仑奴,那么连带的一个问题,唐宋时期有奴隶制度吗?回答是肯定的。事实上,奴隶制度一直是中国传统法律的一个组成部分。

湖北云梦睡虎地秦墓出土的秦国的法律里就有大量的有

关奴隶制度的内容。奴隶被法律划为贱民,属于官府的奴隶总称“隶臣妾”,即隶属于官府的奴隶的意思。“隶臣”为男性奴隶,“隶妾”为女性奴隶。其来源主要有战争中投降的俘虏、罪犯连坐的家属等。隶臣妾为官府从事各类勤杂服役,各有严格的工作定额和生活待遇。军功贵族自愿向朝廷归还两级爵位,可以赎免亲父母为隶臣妾者一人;每两名青壮年可以赎免一名隶臣,一名青壮年可以赎免一名老、小(身高五尺以下)隶臣或一名隶妾。

民间私人男女奴隶总称为臣、妾。由于频繁的兼并战争中秦国是主要的战胜国,大批战俘被押到秦国成为私人奴隶。从湖北云梦睡虎地秦墓竹简的材料来看,一般的士伍也往往在家中役使奴隶。还有的将难以管教的奴隶卖给官府或请求官府对于不服管教的女奴施以刑罚的专门程序。

汉代沿袭了秦代法律,不过汉文帝实施刑罚制度大改革,废除肉刑,尤其是废除了普通罪犯亲属连坐制度,连坐只适用于谋反大逆之类谋害皇帝及皇权的重大政治性犯罪。而且还对所有的劳役刑都确定了刑期,这样一来官府奴隶“隶臣妾”的主要来源消失,这一称呼也逐渐消失。汉代私人奴隶改称为“奴婢”,官府奴隶改称为“官奴婢”。三国两晋南北朝时期,贵族官僚阶层都占有大量的奴婢,《三国志·蜀志》注引杨颙语,《宋书·沈庆之传》《魏书·邢峦传》,都引用了当时流行的成语“耕当问奴,织当问婢”。可见畜养役使奴隶是从西到东、从北到南极其普遍的社会现象。

唐朝法律明确将奴婢视为一种特殊财产。《唐律疏议·名例律》律疏称:“奴婢贱人,律比畜产。”《贼盗律》规定绑架奴婢的按照强盗罪论处,诱拐奴婢者按照窃盗罪论处。主人打死奴婢,只需判处徒刑。平民侵害奴婢人身,可以比照一般的伤害罪减刑两等。

唐代法律也承认奴婢可以作为财产的主体,如《唐律疏议·名例律》规定:奴婢犯罪要追赃的,只能就奴婢自己拥有的财产执行,不得涉及其主人的财产;《斗讼律》规定奴婢之间有财产侵害行为的,也按照平民的情况处理。唐《户令》允许奴婢以财产自赎。这些都说明奴婢可以拥有自己的财产。奴婢也可以有家庭,但必须经由其主人给其配合,不得和其他阶层人员通婚,所生子女世代为奴婢。

奴婢的身份也有可能得到改变。官奴婢可以通过朝廷的大赦而放免。私奴婢可以因主人的意思表示而放免。唐《户令》规定主人可以释放奴婢为良人,也可以释放为部曲、客女。其程序应由主人的家长亲自书写文书,由主人的长子以下亲属连署,报告当地官府后即可生效。

唐代法律中这些奴隶制度的内容被宋元沿袭。宋代的法律解释书籍《刑统赋解》特意说明,法律上奴婢只具有财产性质,只有在与主人一起被杀、出庭作证这样两种情况下才可以当作人。蒙古在军事扩张的过程中,将大量俘获的人口沦为奴隶,称为“驱奴”。元朝的法律还明文规定:如果奴隶因打骂主人,主人因而将奴隶打死的,无罪。主人故意杀死无罪奴婢的,也仅处以杖八十七。而如果奴隶控告主人的,依法要处死。

明朝开始对奴隶制度进行限制。明朝法律规定,庶民之家不得存养奴婢,还曾有法律限定贵族拥有奴婢的数量。尤其是明律和前代法律不同,没有在法律上明确定义奴婢“视同畜产”,也不再规定平民侵害奴婢,可以减刑两等,奴婢侵害平民要加重两等。但与此同时,明代法律也加重了奴婢侵犯主人行为的刑罚,谋杀或伤害主人的要判处凌迟处死。主人杀死奴婢则只需判处一年徒刑。这些制度都被清朝沿袭。直到民国建立,才彻底消除了这些法律上的奴隶制度。

12. 悲剧宿命的主角——《杜十娘》

经典的悲剧

《杜十娘》剧目，故事来自明代作家冯梦龙短篇小说集《警世通言》第三十二卷“杜十娘怒沉百宝箱”。以后民间地方戏曲广泛以此故事改编，川剧、秦腔、河北梆子、评剧、越剧等地方剧种都有此剧目，大鼓、牌子曲、时调小曲、弹词开篇等曲艺也有《杜十娘》曲目。京剧原来也有传统《杜十娘》剧本，1929 年荀慧生得到京剧前辈孙菊仙赠送的传统旧剧剧本，并根据《警世通言》“杜十娘怒沉百宝箱”进一步改编，将剧情进一步集中，删除铺陈过多的过场戏，全剧结构变得更为紧凑。1949 年后荀慧生又多次修改这个剧目，现在通行的京剧演出本是荀慧生于 1961 年编定的。

《杜十娘》剧情并不复杂。说的是明朝洪武时,临安书生李干先(《警世通言》"杜十娘怒沉百宝箱"小说中的李甲)入都(今南京)春试,结识金陵名妓杜十娘。杜十娘久厌风尘,正拟寻觅佳偶从良,误以李干先可托终身,乃设法逃出妓院,与李干先相偕返里。途中,夜渡瓜州渡口,为富商孙富所见。孙富久慕杜十娘姿色,又因与李干先旧识,乃密与商议,欲以白银千两买下杜十娘。李干先利令智昏,欣然允之。翌晨迎娶,杜十娘出示所携之百宝箱。李干先悔之不及,孙富则手舞足蹈。杜十娘将箱中珠宝一一投入大江,最后投箱于水,立船头上痛斥孙、李二人,继即投江自尽。李干先见利忘义,终于人财两空。

父母之命不可违

现在的《杜十娘》演出本,主人公李干先一上场就向好友柳遇春表明,此次上京一为赶考,二来"只因家父年迈,无人侍奉,故尔叫弟恳托仁兄与小弟择一佳偶,他老人家言道:不孝有三,无后为大。功名倒可从缓,亲事却要早办,他还急于抱孙孙呢"。而家人来旺在旁打岔,说:"柳老爷,我们临出门的时候,公子和老爷子为这档子事闹家务呢。我们公子说:'哎呀,爹爹呀,孩子定要先娶了媳妇,再进京赴考,不然我是不去的。'我们老爷说:'奴才呀奴才!'……我是学我们老爷哪。我们老爷说:'待等得中回来,再与你完成花烛,如其执意不去,我便将你活活打死。'还是我从中劝的架哪。"于是柳遇春介绍李干先与杜十娘认识,两人一见钟情,定下终身之约。

而在这个剧目的底本《警世通言》"杜十娘怒沉百宝箱"里,完全没有这样的类似于"自行找对象"的情节交代,只是说主人公李甲在京城"坐监"(出资买到国子监生头衔,必须到国子监集中学习),因在官办妓院教坊司结识了名妓杜十娘,迷恋杜十娘的美貌,大把花钱,包占杜十娘一年多,"两下情好愈密,朝欢暮乐,终日相守,如夫妇一般,海誓山盟,各无他志"。但是尽管杜十娘有意从良嫁给李甲,"奈公子惧怕老爷,不敢应承"。

这两种情节的创设,很明显是跨越了两个不同的时代。现代演出本里的李干先自行上京寻觅佳偶,尽管打着一个"父命"的招牌,但显然是近代社会男女婚姻自己做主风气的反映。而《警世通言》"杜十娘怒沉百宝箱"里的情节,更符合古代社会的婚姻法律及伦理。

中国古代伦理一直强调婚姻是两个家族的大事件,儒家经典《礼记·昏义》明确说,婚姻的目的是:"将合二姓之好,上以事宗庙,而下以继后世也。"婚姻要结合两个家族的利益,不断提供祭祀祖先的男性祭祀者,延续家族的后代。婚姻和双方当事人的感情毫无关系,缔结婚姻的首要条件就是“父母之命”。《诗经·齐风·南山》“娶妻如之何,必告父母”,可见中原地区很早就确立婚姻必须由父母来做主的风俗。以后的儒家的礼教一贯强调婚姻必须遵循“父母之命”,法律也是这样明文规定的。比如在明清时期的法律里,都规定:“嫁娶皆由祖父母、父母主婚,祖父母、父母俱无者,从余亲主婚。”

按照中国古代法律规定,实际上在当事人不在场,甚至完全不知情的情况下,家长为他(她)定亲依然有法律效力。明清法律明文规定:如果因为在外地做官或者在外地经商做买卖,不知道家里的尊长(包括其祖父母,父母,伯叔父母、姑、兄、姐)已为他定亲,自行与人定亲的,只要尚未正式成婚,就要“从尊长所定”,与尊长为其定亲的女子结婚,自己定亲的对象,“听其别嫁”。有违反尊长意旨、不愿放弃自己所定之亲的,构成犯罪,按照法律,可以判处“杖八十”的刑罚,自定之亲取消,按照尊长所定之亲成婚。值得注意的是,可以在外地自行定亲或成婚的,仅限于做官、做买卖,像李干先或李甲这样在外地游学的情况并未包括在内。

为子孙定婚,由于涉及家族利益,因此是家长权的重要体现,很少有家长会自动放弃。尤其是《杜十娘》故事里的李干先这样的“都堂之子”(小说中李甲之父曾为一省行政首长的布政使)家庭。后来孙富劝说李干先:“想老伯乃是朝廷的显宦,为人正直,家法森严,没有父母之命,媒妁之言,不告而娶,已有一行大罪,何况你娶的还是娼家妓女,你想老伯能够容你吗?……再说妓女本是不节之妇,下贱之尤,你这宦门之后,竟娶这样的女子为妻,岂不是玷辱门庭,辱没宗亲!老伯能与你善甘休吗?”这正是古代社会观念的写照。而今本京剧《杜十娘》里李干先打算自己寻觅佳偶的情节,应该是在社会大环境变化后改编原作的结果。

李干先娶妾还是娶妻

既然从古代的道德伦常、法律规定来看李甲或李干先都不可能自行做主娶妻,那么他和杜十娘究竟算是什么关系?

现在演出本中,李干先带走杜十娘,柳遇春送别时说:“啊,十娘,你夫妻此去要夫唱妇随,永偕和好。”在泊船的地方,李干先向孙富介绍,“十娘久把青楼厌,又得柳兄来成全。山盟海誓结姻眷,才随小弟转临安”。也就是说明杜十娘是他的妻子。杜十娘自己也以妻子自居,劝说李干先:“公子不必忧虑,为妻替你筹划就是。”

可是在冯梦龙小说原作“杜十娘怒沉百宝箱”里,明确将杜十娘定位为李甲之妾。李甲在与孙富相谈时,时时以“小妾”称呼杜十娘,最后也是以转让“小妾”成交,李甲只是说“小妾千里相从,义难顿绝,容归与商之”。

今天的人往往以为古代的大老婆、小老婆,都是一样的老婆。但实际上这是大错特错了。按照古代法律以及礼教的严格规定,大老婆是妻,小老婆是妾,两者有天壤之别。相对于丈夫的祖先而言,妻和丈夫一样是传宗接代、延续祖宗香火的角色;而相对于妾以及所有的子女(无论是妻自己生育的,还是丈夫和妾或其他女子所生育的)而言,妻又是和丈夫并列的家长。礼教里所谓“妻者,齐也,与夫齐体”(《白虎通·嫁娶》)说的就是这个意思。

妻要经过正式而烦琐的程序聘娶,所谓“聘则为妻”。而妾原来只是指买来的女奴,后世娶妾也无须正式的程序,可以像《红楼梦》里的平儿那样是陪嫁、随嫁或是买来的女奴“升格”。妾母家和夫家的关系是买卖关系,双方并无“合两姓之好”的亲戚关系。因此唐代法律规定:“妾通买卖,等数相悬。”

妾只不过是丈夫的一个生育后代的工具,所谓“妾者,接也。以贱见接幸也”(《释名》)。她所生育的子女的“嫡母”是妻,妾对于非她生育的其他的子女她并不具有母亲的地位,更没有家长的地位。相反她是处在家长的权威之下。《仪礼·丧服·子夏传》称“妾之事女君与妇之事舅姑等”,也就是说妾对于妻子要像妻子对待公婆一样的恭顺。后世法律都规定妻如殴伤妾都可以减罪二等,相反妾殴妻就要加罪一等。

理论上、法律上妾永远不得升到妻的地位。“以妾为妻”在古代一直是当作重大问题来对待的。如《谷梁传·僖公九年》载公元前651年诸侯葵丘之会的盟约就有一条规定“勿以妾为妻”。后世的法律对于以妾为妻都是作为犯罪处理的。清代的法律就明文规定,以妾为妻,丈夫处杖九十,并须改正。

因此,冯梦龙原作“杜十娘怒沉百宝箱”里将杜十娘定位为“妾”,就比较容易被当时的读者接受,也为后来李甲将杜十娘转卖孙富留下伏笔。

私奔能否成婚

现在演出本《杜十娘》里,李干先与杜十娘一见钟情后,柳遇春到教坊司为杜十娘赎身,因为和老鸨谈不拢赎身的价格,老鸨唤出杜十娘来询问。杜十娘表面上回绝赎身嫁李干先之事。当夜却带了百宝箱私奔到李干先住所,两人在柳遇春掩护下径直上船,前往李干先家乡。

而在小说“杜十娘怒沉百宝箱”里,情节并没有如此惊险。杜十娘被李甲包占年把,老鸨觉得杜十娘已成了赔钱货色,情愿只要三百两银子就允许杜十娘赎身,以十日为限。杜十娘暗中资助李甲,终于在期限到来之时交清赎身价银,两人得以离开京城回乡。

从故事本身来看,私奔当然具有更大的戏剧性,更适合于戏剧演出的效果。但是从法律史的严格意义上来说,这样的情节设计就很荒唐,是不符合当时的法律以及一般的社会观念的。明清法律严格限定人民的户籍制度,就是为了将百姓固定于户籍、为朝廷提供各类无偿的赋役。像杜十娘这样隶属于官办妓院"教坊司"的妓女,在当时法律上都被定性为"乐户",必须承担为朝廷提供色情服务的"特种差役",擅自逃离,就构成犯罪,按照法律,出逃一日就要处笞(荆条抽打)十下的刑罚,每五日加一等,最高刑罚为笞五十;如果是像杜十娘这样逃往他乡并出嫁他人不再承担赋役的,就要处杖一百,逮捕后发还原籍。李干先作为包庇隐藏者,也要处以同样的刑罚。

尤其是杜十娘是官办妓院的妓女,李干先带她私奔,还有可能触及另一条更为严厉的刑事条例,即作为"窝娼"罪处罚。清代条例专门规定"凡无籍之徒及生、监,衙役、兵丁窝顿流娼、土妓引诱局骗",即使是"偶然存留,为日无几",仍然要枷号三个月,杖一百;时间长的就要杖一百、徒三年;再犯的就要处杖一百、流三千里。李干先恰巧就是条例例举的“监”(国子监学生),与孙富商量卖杜十娘,就可以认定为“引诱局骗”。而且“得受娼妓财物者”,要按照官吏“受财枉法”计赃从重论,那个百宝箱价值无数,足够李干先一个死罪。因此古代的作者是绝不会犯这样的低级错误,来宣扬“挟妓私奔”的爱情,即便不是“明媒正娶”,至少也要“赎身清白”。

13. 王金龙难娶玉堂春——《玉堂春》

晚近成型的传统剧目

《玉堂春》是传统戏曲中的名剧，除了京剧外，秦腔、河北梆子、晋剧等剧种也演出此剧目。其中的折子戏也是独立成剧目，比如《女起解》（俗称“苏三起解”）、《三堂会审》等，一直是作为单独的剧目上演。《玉堂春》全篇倒是出现得比较晚，直到民国后才成为完整剧目。

戏曲《玉堂春》的内容大同小异，都取材自明代冯梦龙所撰小说《玉堂春落难逢夫》（《警世通言》第二十四卷）。故事情节大致为：京城名妓苏三（玉堂春），结识了礼部尚书之子王金龙，誓偕白首。后来王金龙财尽，被鸨儿驱出妓院，落魄无奈，乞讨度日，在关王庙里落脚。卖花金哥代其送信给苏三，苏三赶到关王庙相会，并赠金使其回南京。苏三自王金龙去后矢志不接一客。鸨儿又计卖之于山西富商沈延林（或名沈宏）作妾。沈延林妻皮氏与赵监生私通，毒死沈延林，反诬告苏三。县官受贿，将苏三问成死罪。解差崇公道提解苏三自洪洞赴太原复审，途中苏三诉说遭遇，崇公道加以劝慰，两人结为义父女。苏三被解至太原，三堂会审，主持审讯的巡按御史恰好就是王金龙。王金龙见苏三后不能自持，为陪审之"藩司"潘必正、"臬司"刘秉义看破，以致不能终审。王金龙私入监中，与苏三相会，又被刘秉义撞见。刘秉义受潘必正之教，平反冤狱，王金龙、苏三破镜重圆。

这个大团圆结局的剧目包含了才子佳人的忠贞爱情故事，又有烟花场所风习，以及杀夫重罪案件、冤案得以平反等刺激性情节，因此非常吸引观众，得以长演不衰。《玉堂春》的故事在民间也广为流传，在故事发生地山西洪洞县还保留着一座据说是曾经关押过苏三的监狱，号为"苏三狱"。

事实上，如果从法律文化角度去观察这个剧目，我们也会有很多的另类发现。

玉堂春的身份

《玉堂春》剧目里，提到王金龙一见苏三就决计要娶其为妻子。“我自从见了那苏三,一时神魂颠倒,不知所以,恨不能立刻娶她回来才好。”只是在情节设计上,说明是王金龙要等父亲上京后再做决定,因此出了三万六千两银子在妓院里造起楼房,长期包了苏三,以夫妻相称。

可是看一下原来的小说,就会发现小说的情节要复杂得多。在《玉堂春落难逢夫》中,玉堂春是太原人,出身良民之家,小时候被父母以八百文钱价格卖给了“乐户”苏淮夫妇。玉堂春设计让王景隆(戏曲人物王金龙)卷走妓院金银首饰后,遭苏淮夫妇责打。她就跑到大街上高声喊冤叫屈,说是苏淮夫妇暗害了王景隆,并向聚拢来的街坊邻居们诉说苏淮夫妇“买良为娼”“谋财害命”两大罪状,要大家一起把这对夫妇揪到官府去问罪。街坊们都知道苏淮夫妇曾经讹了王景隆三万两银子的事情经过,便调解说:“买良为娼,也是门户常事。那人命事不的实,却难招认。我们只主张写个赎身文书与你吧!”苏淮夫妇只得同意,写了一张文书给玉堂春。玉堂春就此脱离“乐户”身份,独立生活。后来她是被苏淮夫妇骗出城去,卖给洪洞马贩子沈洪(戏曲人物名沈延林)。

现代人看到这一段可能会有一点疑惑,苏淮夫妇为什么这么心虚?“乐户”究竟是个什么户头?小说又为什么要节外生枝地专门设计这样一段情节?

原来“乐户”是古代一种专门的贱民户籍。北魏的时候立法,将被处死的强盗的妻子、儿女都配为“乐户”,为官府提供娱乐表演及色情服务,且世代沿袭,作为一种惩罚。以后历代法律都有这样的专门规定,“乐户”作为色情服务、娱乐表演方面的专业户,是法律上和习俗上的贱民,不得与平民通婚,子孙不得参加科举考试,不得自由流动。同时历代的法律也都禁止“乐户”“买良为娼”。明朝法律规定,如果“乐户”收买良民的女儿为娼妓,或者娶良民妇女为妻,或买为妾,或收养为子女的,都属于犯罪行为,一律要处杖一百的刑罚,所买卖的价钱、财礼入官,良民子女归宗。不过这些法律实际上很少在社会上发生效力。众邻居们在调解时都说这是“门户常事”,说明这早已是普遍现象。只是那三万两银子数目太大,万一告到官府,很有可能被官员看中勒索,因小失大,因此苏淮夫妇只得让玉堂春脱离本户为好。

明文禁止的婚配

玉堂春是“乐户”的身份,所以实际上她和王金龙的婚配是存在巨大法律障碍的。

明朝法律明文禁止官员以及官员子弟娶“乐户”的“乐人”为妻。《大明律・户律・婚姻》规定:“凡官吏娶乐人为妻妾者,杖六十,并离异。若官吏子孙娶者,罪亦如之。附过,候荫袭之日,降一等,于边远叙用。”规定非常明确,官吏不仅不得将“乐户”的妓女娶为妻子,哪怕买来做妾当小老婆都是不允许的。而且官吏子孙也被禁止娶“乐户”的妓女为妻或为妾,违者不仅要按照法律处以杖六十的刑罚,还要作为一项重大过错记载于档案,将来有承袭长辈官员身份的机会时,要被派到边远地区当官。

小说中的王景隆,是“礼部尚书王琼”的三公子,完全符合这条禁止娶“乐户”为妻的条款。尽管在现实生活中娶“乐户”妓女为妻妾的官吏子弟比比皆是,但作为明朝人写本朝事,冯梦龙是不能够把公然违法的故事当作正面人物情节而写到小说里去的,因此他只好加上这一段玉堂春脱离“乐户”的情节,来给王景隆与她再续前缘做伏笔。即便如此,冯梦龙还是特意交代,王景隆父母已给他另外娶妻,玉堂春后来是作为“妾”被娶进王家的。

到了清朝,法律仍然保留了这条规定,并特意注明所谓“乐人”就是“妓者”。凡是官员子孙有“荫袭”资格的,娶妓女为妻妾,“罪亦如之”。只是“荫袭”时不再规定前往边远地方,而是“照荫袭本职降一等叙用”。不过清朝在官府户籍制度里不再有“乐户”的专门种类。雍正年间还曾特意宣布豁免山西等地因习俗而流传下来的“乐户”贱民身份。因此，理论上所有的人都可以开设妓院，色情服务业被放开，妓女不再有特定的贱民户籍（但在习俗上仍然被视为贱民），冒充良民的可能性要大得多。

到了民国初年形成《玉堂春》全剧剧目时，这些制度自然已经不存在了，编作者也就不再忌讳苏三（玉堂春）的身份问题，因此删除了小说里的这段情节。但在20世纪20年代由荀慧生等编写的《玉堂春（全本）》剧本（现在的演出本）里，还是加上了一段苏三的台词：“奴本良家之女，不幸沦落烟花。久有逃脱之念，只惜未得机缘。”以此特意说明苏三原为良家女子。

“三堂会审”审了些什么？

《三堂会审》是一个独立的剧目，先于《玉堂春》全剧流传，以至于“三堂会审”后来成了民间一句俗谚。

然而，戏里的“三堂”是民国初年编剧不熟悉明代司法制度而弄错的情节。明代每个省都有平行的三大机构——“三司”：布政使司“藩司”负责民政，按察使司“臬司”负责监察与司法审判，都指挥使司负责军事守备。三个机关的首长平级，互不管辖，各自向朝廷报告。明朝时候，朝廷会定期派遣王金龙这样的"监察御史"到各省巡视,有权召集"三司"一起会审本省重大案件,因此实际上是"四堂会审"。而清朝撤销了原来的各省都指挥使司,省一级机构只有布政使司和按察使司这"二司"。中央向各省派遣监察御史巡视的制度也在清初被撤销。因此,实际上是不会有监察御史、布政使、按察使"三司会审"这样的情况发生的。这只能是清末民初的戏剧作家"混搭"明清制度而编造的情节。

另外,从故事本身的源头《警世通言》小说来看,也根本没有"会审"这段情节。小说里提到,王景隆以监察御史的身份亲自到洪洞县提审玉堂春一案,见到玉堂春后情不自禁,无法审理,只得委托太原府的刘推官主审,才得以为玉堂春平反。

《三堂会审》这出剧目里另一个很有意思的现象是,整场演出里,观众看到的情节主要是由苏三(玉堂春)在倒叙整个故事,讲她和王金龙的情谊,而参审的布政使潘必正、按察使刘秉义则不断找机会调侃王金龙。至于真正的杀夫案件,会审者只问了几句话,相关情节所占篇幅还不到全剧十分之一。

显然,编剧预想观众主要的观剧兴趣不在于破案大平反,而在于情人大团圆。因此,编剧还特意加了一场《监会》——王金龙私服化装入监探望玉堂春,以表现公子深情。至于最后的破案,只用了简短的一场《明冤》,没有任何关于案情究竟是如何真相大白的情节,只是刘秉义代王金龙宣判,将一干罪犯统统发落:贪赃枉法王知县王仁被革职查办;责打玉堂春的两个皂隶赵曜、李虎,“打入站笼毙命”(站笼是晚清普遍使用的刑具,迫使罪人站立直至累死);至于皮氏和与之通奸共谋毒死沈宏的赵旺,“皮氏凌迟”、“赵旺枭首”(明清律里确实这样规定:妻子谋杀亲夫,处以凌迟,奸夫同谋处斩)。

而在小说里,搞清这桩冤案还是费了一番功夫的。接替王景隆的刘推官,先是对皮氏和赵旺刑讯逼供,但无法获取认罪口供。最后,是将有关嫌疑犯都锁在一个大箱子的四角,箱子里暗藏一个带了纸笔的书吏,并故意撤走周围的衙役人等,从而让这些人互相埋怨,讲出实情,由箱子里的书吏记录在案。随后再审,皮氏等人只好一一认罪。

小说里的这段情节其实非常有戏剧性,为什么《三堂会审》剧目里把这段全部删除?编剧肯定考虑的是观众口味。首先,当然是因为编剧已经把这个剧目定为情感戏,不想有过多的案件情节。其次,则是一个法律文化的因素。编剧熟悉的观众群(也就是中国的普通民众)习惯于看到惩恶扬善的审判结果,但对于如何在审判中发现、证明善恶所在,并不那么感兴趣。所以,中国历代戏剧都缺乏这种推断过程的情节。

即使是在各类讲破案的包公剧目中,这样的推断过程也几乎不存在,只要包公一拍惊堂木,案情就已经清楚了。所以,作为定位为情感戏的《三堂会审》,也就没有什么好审的,只要交代一个审判的结果便可以了。

14. 薄情郎与“给出路”的法律——《金玉奴》

恩将仇报的主题

《金玉奴》是荀派京剧名剧，其他剧种也有此剧目。剧名还有《鸿鸾禧》《豆汁记》《棒打薄情郎》等。这个故事来源于明代作家冯梦龙编撰的短篇小说集《喻世明言》第二十七卷“金玉奴棒打薄情郎”。

《金玉奴》剧情说的是一个最令人齿冷的忘恩负义的故事，很能打动观众。书生莫稽在严冬风雪中，饥寒交迫，倒卧于乞丐头领金松门首。金松外出未归，他的女儿金玉奴在门口盼望父亲回家，偶然发现莫稽，于心不忍，予以收留。莫稽爬进金家，喝了金玉奴给的豆汁才得以活命。金松回家，见金玉奴喜欢莫稽,便招赘莫稽进家。金玉奴与莫稽成婚后,鼓励莫稽进京赶考。莫稽得中进士,获钦点为江西德化县知县。但莫稽一旦为官,就嫌弃金玉奴出身卑微,在赴任途中推金玉奴落水,并将金松逐去。金玉奴大难不死,被江西巡按林润所救。林润问明原委,收金玉奴为义女,并差人将金松寻回。德化县为林润所辖,林润伪称欲以己女为莫稽之妻。莫稽因得攀上司,喜出望外,欣然进入洞房,不想痛遭棒打。金玉奴当众斥责莫稽薄情负义。林润当场下令将莫稽冠戴摘去,令其“回衙听参”。金玉奴仍留林润处侍奉老父。

乞丐能否配秀才

观众在欣赏这台名剧的同时,也不免会有点疑惑:在古代社会,乞丐真能配秀才?答案是肯定的:乞丐确实可以配秀才,历代法律丝毫没有禁止这种婚姻的禁令。

古代法律确实规定婚姻要“门当户对”,良贱不能成婚。但是中国古代社会的社会等级并不是按照财富来划分的,王公贵族唯我独尊是来自和皇帝的亲缘关系,文臣武将享受荣华凭借的是官职等级,士大夫享受特权靠的是考试得来的“功名”,普通百姓之中的等级却是根据所从事的职业来定的。而乞丐无论在法律上还是在习俗上都不是贱民。

冯梦龙在《喻世明言》“金玉奴棒打薄情郎”里特意说明：“若数着‘良贱’二字，只说娼(妓女)、优(演员)、隶(皂隶衙役)、卒(牢头禁子)四般为贱流，到数不着那乞丐。看来乞丐只是没钱，身上却无疤痕。”这最后一句“身上却无疤痕”，点明中国古代社会里“贱民”之贱，就是因为他们糟蹋了父母留给他们的身体：娼、优使自己的身体让人亵渎，隶、卒使自己的身体动辄遭长官责打。

中国传统文化里讲究的是“孝”。《孝经》里明确规定：“身体发肤，受之父母，不敢毁伤，孝之始也。立身行道，扬名于后世，以显父母，孝之终也。”要“扬名后世”，显然不是普通人都能做到的；而好好保全父母赐予的身体，实现最基本的孝道，却是人人都能够身体力行的。而这四种人靠糟蹋“身体发肤”来谋生，所以被世人鄙视，是让人侧目的贱民。

清代作家李渔在他的短篇小说《连城璧》第三卷“乞儿行好事　皇帝做媒人”里，也说世间职业行当倒数起来，第一下流的是“强盗穿窬”(被抓后不仅要责打受刑，还要断头暴尸)，第二下流的是“娼优隶卒”，乞丐倒是在其之上的第三等级，是“英雄失足的退步、好汉落魄的后门”。

乞丐不属于贱民，自然可以和秀才通婚。在古代的戏曲小说中，类似的故事并不少见。比如明末清初短篇小说集《石点头》第六卷“乞丐妇重配鸾俦”,讲的便是一个乞丐妇人居然成为官太太的传奇故事。

“糟糠之妻不下堂”

“五四”运动以后对于传统文化的批判重点之一,就是传统社会中妇女地位的低下。因此,近代观众在观看《金玉奴》时,会觉得莫稽完全可以用单方面离婚的“休妻”来摆脱金玉奴。在今本的《金玉奴》里没有这样的一段过门,但是在《金玉奴》所本的小说《喻世明言》“金玉奴棒打薄情郎”里,确实还有莫稽做官后的一段心理描述:“早知有今日富贵,怕没有王侯贵戚招赘成婚? 却拜个团头做岳丈,可不是终身之玷! 养出儿女来还是团头的外孙,被人传作笑柄。如今事已至此,妻又贤惠,不犯七出之条,不好决绝得。正是事不三思,终有后悔。”也就是说,莫稽也曾想过以“七出”的名义休弃金玉奴,只是金玉奴很贤惠,让他找不到什么借口。

所谓“七出”,是指中国历代法律允许男方以七项理由单方面休弃妻子。这种说法来自儒家经典《礼记·昏义》,后来被历代法律承认。这七种情况包括:不顺父母,或称不事舅姑,指对公婆侍奉不力、有失恭敬;无子,即妻子没有生养男性子嗣,将使家庭失去祭祀者和继承人;淫或淫泆,其恶果并非是损害夫妻感情，而是将使宗族子嗣不纯；妒或妒忌，是指不能容忍丈夫纳妾；有恶疾，则不能入家庙助祭；多言或称口舌，指在家族中搬弄是非，离间亲属情义；窃盗，即窃取或私占夫家或族内财产，违背礼义。综上，丈夫可凭这七条中的任何一条休弃妻子。

然而，儒家是一个“给出路”的学派。儒家另一经典《孔子家语》有一个说法，对男子施行“七出”休妻进行限制，这就是所谓的“三不去”，同样也被历代的法律吸取为具体规范。所谓“三不去”，分别是：有所娶无所归、与更三年丧和前贫贱后富贵，具体是指在妻子的母家已无人、妻子曾与丈夫共同为夫家父母服丧三年，或丈夫结婚时贫贱而出妻时已富贵这三种情况下，即使妻子有“七出”行为，丈夫仍不能出妻。

据《后汉书·宋弘传》记载，东汉光武帝刘秀的姐姐湖阳公主寡居在家，很仰慕朝中大臣宋弘。可是，宋弘已经结婚了。光武帝便招宋弘进宫交谈，并让湖阳公主躲在屏风后面倾听。光武帝笑着对宋弘说：“我听说有这么一句话，‘贵易交，富易妻’。人显贵了，就要另交朋友；发财了，就要改娶妻子。这是人之常情啊！”宋弘却一本正经地回答：“我听说的正好相反，不是一直有‘贫贱之交无相忘，糟糠之妻不下堂’的佳话吗？”光武帝听后，便不再提起此事。

由于后代法律吸取了儒家这个“三不去”的原则,“糟糠之妻不下堂”不再仅仅是男方的一项美德,而是成为一项法定义务。莫稽若要单方面休妻,就是不合法行为。“先贫贱后富贵”,正好是指莫稽这样的情况,所以,他根本没有办法以“七出”理由来休妻。

夫妻能否再复合

值得注意的是,近代京剧《金玉奴》所依剧本的诞生乃非常晚近之事,该剧本是荀慧生于1959年才正式改定的本子。

冯梦龙的原著《喻世明言》第二十七卷“金玉奴棒打薄情郎”中,故事的历史背景被放到了南宋时的临安城(今杭州)。金玉奴之父金老大是祖传的乞丐头目,已经做了七代的“团头”,“住的有好房子,种的有好田园,穿的有好衣,吃的有好食”。金老大想为金玉奴找一个书生丈夫,才请人做媒,与穷秀才莫稽成亲。后来,金玉奴得到莫稽的顶头上司许德厚的帮助,以许德厚义女身份再与莫稽成亲,并于当晚布置丫鬟将莫稽棒打一顿。最终,经许德厚夫妇相劝,金玉奴与莫稽和好,再作夫妻,白头到老。

传统戏曲《鸿鸾禧》也是将莫稽与金玉奴的姻缘定为上天注定。该剧开场由“天喜星”宣布:“金玉奴与莫稽,有姻缘之分。今奉玉帝敕旨，与他二人完姻。”最后的结局也可想而知：由“天喜星”安排，在金玉奴棒打莫稽后，两人和好如初。

荀慧生多次出演《鸿鸾禧》，但非常不满意这部戏的结局，认为旧本强调婚姻本天定，含有封建迷信色彩。在情节上，荀慧生也认为莫稽忘恩负义，是十足的反面人物，而旧本为了维护“一女不嫁二夫，必得从一而终”的封建礼教，偏要在棒打之后，让二人言归于好，破镜重圆。“我每演至此，总感心情压抑，甚为金玉奴不平。”因此，在1959年，借北京市举行直属艺术表演团体会演之机，荀慧生重新演绎了《金玉奴》，最主要的变动就是将原剧“大团圆”结尾改为不团圆的结果。这个演出本流传至今，全剧以莫稽罢官、金玉奴不愿与之复合而告终。

这样的修改虽然符合现代观众的观感，但是基本没有什么法律史上的依据。莫稽谋杀妻子，这在古代法律里并不构成强制离婚的条件。古代法律规定“义绝”为强制离婚要件，所谓“义绝”，是指夫妻一方对另一方或其一定范围内的尊长亲属有殴打、通奸、杀伤行为。《唐律疏议・户婚》的解释是“夫妻义合”，所以当发生“义绝”就必须离异。唐令规定的“义绝”的情况包括：(1)丈夫殴打妻子的祖父母、父母，杀死妻子的外祖父母、伯叔父母、姑母、兄弟姐妹，与妻子的母亲通奸;(2)妻子企图谋害丈夫,殴打谩骂丈夫的祖父母、父母,杀伤丈夫的外祖父母、伯叔父母、姑母、兄弟姐妹,与丈夫缌麻以内的亲属通奸;(3)丈夫和妻子双方的祖父母、父母、外祖父母、伯叔父母、兄弟姐妹之间有杀害行为。此外,即使是妻子尚未正式过门成婚,或者是这些杀伤行为已被朝廷赦免,婚姻仍然必须解除。

这里所谓的“义”,主要就是夫家的宗族利益,这些条件显然偏向于丈夫一边。比如,妻子只要有谋害丈夫的企图、只要有谩骂丈夫尊亲属的行为就必须“义绝”,而丈夫则要有殴打妻子尊亲属的行为才算“义绝”。丈夫谋害妻子行为,并不属于“义绝”的范畴。不构成“义绝”,则女方提出解除婚姻,只要男方不同意,婚姻就无法解除。莫稽企图谋杀的是金玉奴,而不是金玉奴的父亲金老大,因此在法律上没有强制性解除婚姻的规定。金玉奴再痛恨莫稽忘恩薄情,但只要莫稽不同意,婚姻还是无法解除。只有通过林润利用顶头上司的身份施加压力,迫使莫稽同意离婚才行。

至于莫稽的乌纱帽是否能够保住,也是一个可以商榷的问题。谋杀妻子的罪名,如果是妻子已死,确实是一个要处死的绞罪。不过金玉奴未死,按照图谋杀人减二等,就只是一个徒刑罪,并非重罪。因此,荀慧生改编《金玉奴》剧本,在这一点上还是符合了古代法律的基本原则，没有像近代包公戏那样请出铜铡来砍掉莫稽脑袋，而且安排林润的台词只是说：“似你这样为官，焉能一心秉正安良除暴，回衙听参！”即先行离职、等待处分的意思，这是作为巡按御史所具有的职权。

15. 后果极其严重的“试妻”——《大劈棺》

古代哲学家庄周的著作《庄子》，其中有一些涉及庄周本人的寓言故事，为后世的文学创作提供了极其丰富的想象空间。一个是《庄子·齐物论》。庄周梦见自己化为蝴蝶，醒后思考：究竟是我梦见自己成了蝴蝶，还是蝴蝶梦见自己化成了庄周？这就是“庄周梦蝶”。一个是《庄子·至乐》。庄周的妻子去世，惠施前来吊唁，不料看见庄周正伸开两条腿，敲着瓦盆在唱歌，这就是“庄子鼓盆”。又提到庄周去楚国的路上，枕着一具骷髅睡觉，梦见死者告诉他死亡是一件比成为君王还快乐的事。这就是“庄子叹骷髅”。另外，《庄子·秋水》里庄周拒绝了楚王的聘请，“庄子不受楚王之聘”。这些寓言故事很早就被改编成各类文学作品。戏剧方面，元杂剧有李寿卿《鼓盆歌庄子叹骷髅》（仅存一折）、史樟（史九敬仙）《老庄周一枕梦蝴蝶》，此外，元明之交的《南村辍耕录》提到了《蝴蝶梦》《庄周梦》等有杂剧剧目。凡此种种，形成了一个“庄子戏”的系列。

到了晚明时的庄子戏，主题已转化为“庄周试妻”的故事。《警世通言》第二卷“庄子休鼓盆成大道”奠定了这个主题，后来谢国的《蝴蝶梦》这一昆曲传奇剧本进一步改编了该故事。清代及民国初年的戏剧界广泛改编并演出这个故事，剧目包括《庄周试妻》《蝴蝶梦》《小寡妇扇坟》，或者更为刺激的《大劈棺》《田氏劈棺》。

庄子的恶作剧

《大劈棺》的剧情并不复杂。开场就是庄子在深山修真养性，奉师命回家探望。妻子田氏殷勤慰问。庄子说起在路上遇见一位身穿白衣的妇人对着一座新坟摇扇，问她何故如此？原来“她丈夫死过，未到一七，她要另行改嫁，是她婆母言道，将坟土扇干，许她改嫁；坟上不干，不许改嫁”。庄子见她哭得可怜，就“举来三分神火，将坟土扇干”。那妇人就将白纸小扇赠送给了庄子。田氏一看，扇子上写着：“道人行路在路旁，你扇坟来好心酸。但等庄子死故后，你妻比我大不贤。”由此，田氏大怒，对天盟誓，假如庄子去世，一定立志守节。

庄子于是试探田氏。他假意喝了田氏煮的茶羹后腹痛难忍,当夜“死亡”。田氏痛哭后安排丧事,买了棺木将庄子尸身入殓,还买了纸扎的童男童女陈列。实际上庄子魂魄不散,施展神通,将纸扎的童男点化为楚国王孙,前来吊唁。田氏见王孙“眉清目秀实好看,雅赛当年小潘郎”,按捺不住,表示愿意嫁给王孙。王孙提出三件事:“头一件,将师父灵牌打倒;第二件,要脱白的,穿上红的;第三件,拜了天地,就入洞房。”田氏都答应,立刻打倒了庄子灵牌,脱掉丧服换上红衣,拉着王孙拜天地。不料王孙一拜便倒地,说是心口疼旧病复发,要活命只有用亲人脑髓做药引。田氏想“我家先生已死,未过一七,脑浆未干,不免手使板斧将棺木劈开,取出脑髓,搭救王孙性命”!

田氏斧头落下,庄子顺势从棺材里坐起。田氏恐怖惭惶,庄子一一说道田氏所为三件事,以及要取庄子脑髓救王孙,庄子又摄化“王孙”恢复纸扎人形。田氏知道前后都是庄子施展的幻术,无以自解,遂自缢死。庄子火化田氏,鼓盆而歌,飘然隐去。

寡妇能否改嫁?

庄周试妻,前提似乎是妻子在自己死后必须要守节,不改嫁他人。这难道是古代法律的要求吗?

回答是否定的。实际上尽管宋代理学家宣扬“饿死事极小,失节事极大”,极力鼓吹寡妇不可改嫁,但是宋元明清的统治者很清楚,强制寡妇守寡是很困难的,所以法律上的原则一直是鼓励而不是要求寡妇守寡,也从不设置寡妇改嫁的禁令。

隋朝的法律规定,凡曾接受过朝廷封赠称号、可以享受官僚特权的妇女,在丈夫死后不得改嫁。因为按照传统的观点,既然是享有特权的“人上人”,理应在道德上成为平民阶层的楷模,要背起甘当榜样的重担,守寡一辈子。这个原则后来一直被延续下来,即凡是“命妇”(从朝廷得到了封赠诰命的妇女),都不许改嫁。相反,民间的平民女子,丈夫死了是可以改嫁的。

法律只是鼓励寡妇守寡。比如在庄周试妻这个故事形成的明清时期,法律规定,如果寡妇守寡超过了三十年,就可以向朝廷申请树立贞节牌坊,并可以免除家中的徭役。不过这项申请要由朝廷礼部来批准,建设牌坊的费用也是由寡妇自行筹措。

如果寡妇要改嫁,在这个故事形成的时代,法律限定的条件如下:

(1)要在为亡故的丈夫服丧期满(二十七个月)以后。如果是在服丧期间“身自嫁娶”者,要处以杖一百的刑罚。而命妇在夫亡服满后再嫁的,同样处杖一百,并且还要追夺册封的文件。服丧未满时缔结的婚姻无效,双方必须“离异”。明知道寡妇丧服未满或者明知道是命妇,仍然与之结婚的,也要比照寡妇的罪名减五等处罚(笞四十),已经交付的彩礼由官府全部没收。在这个剧目的故事里,庄子路遇的女子、庄子的妻子田氏在丈夫死后没有满七天就要改嫁,当然是不合法的。

(2)必须得到前夫家的家长同意,以及由前夫家的家长来主婚。庄子路遇的女子说明是“婆母”,也就是她的婆婆要求她在坟土变干后才能改嫁。仅就婆婆对她改嫁的决定权意义上,这一情节确实符合法律要求。

(3)只能带走本身的陪嫁财物,不得带走前夫家的财物。

(4)子女只能留在前夫家。

另外,如果寡妇本人愿意守寡,而家长强迫寡妇改嫁的,则要严惩:无论是寡妇自己的父母、祖父母,还是死去的丈夫家的父母、祖父母,如果强迫寡妇改嫁的,处杖八十;如果是伯叔父母、姑姑、兄长强迫寡妇改嫁的,罪加一等,处杖九十。尚未成婚的,回到前夫家守寡,男方已支付的彩礼归还;可是已经成婚的,法律又承认既成事实,只是男方已支付的彩礼要由官府没收。

后来清朝的法律又补充，如果在这样的强迫改嫁过程中导致寡妇自杀身亡的，主持改嫁的寡妇的祖父母、父母，或者前夫的祖父母、父母，都要处以杖一百、徒三年的惩罚。如果是伯叔父母、姑姑、兄长主婚的，则处杖一百、流二千里。如果寡妇本人自愿守寡，没有尊长主婚，而是男方“用强求娶，逼受聘财”，导致寡妇自尽的，男方要被判处充军，并支付丧葬费用。

综上所述，传统法律不禁止寡妇改嫁，只是给寡妇改嫁设置了比较高的门槛。

劈棺的罪名

庄周试妻的故事以“劈棺”为剧目名称，就说明在这一剧目演出的时代，劈棺之举是具有严重法律后果的罪行。

中国传统文化崇尚祖先崇拜，由此法律特别注重对于坟墓、棺椁、尸体的保护。唐宋法律规定，不管出于什么目的，只要挖开他人坟墓，就要判处三年徒刑；如果暴露了棺椁，则处以死刑之下的最高刑罚“加役流”（流放到三千里外，强制为当地政府劳役三年）；如果更进一步，打开了棺椁，则处以绞刑。

在庄周试妻故事开始流行的明代，基本沿袭了相关的唐宋法律,即无论出于什么目的,凡是发掘他人坟冢的,就要判处杖一百、徒三年;如果暴露了棺椁的,判处杖一百、流三千里;打开棺椁暴露尸体的,判处绞监候(监禁等候秋季朝廷复审决定是否执行绞刑)。打开已放入尸体、尚未入葬的棺椁,如同田氏这样“劈棺”的,处以绞刑;如果卑幼亲属发掘尊长亲属坟冢的,同样处理;“开棺椁见尸者”,加重一等,处以斩监候。

很明显,在当时的观众看来,田氏作为庄周的妻子,是视同“卑幼”的亲属,斧劈并打开庄周的棺材,就已经构成了死罪,因此没有人会同情后来田氏自杀的下场。而剧作者采用“大劈棺”这样耸动骇人的标题,也就是要突出这个属于恶性犯罪的行为。

毁坏丈夫尸体的罪名

劈棺就已经构成严重犯罪,田氏要取亡夫脑髓,更是罪不可赦。妻子残毁亡夫的尸体这种事情,历史上有过一个著名的案例。

南朝刘宋时期,有个叫唐赐的男子,他到邻村的一个亲戚处喝酒,回到自己家里后,腹中剧痛,禁不住连连呕吐,居然从口中吐出了十几条长虫。唐赐见自己吐出这么多长虫,吓得精神崩溃，居然一命呜呼了。古代的人们总是认为肚子里生虫这种事情是有人给自己施加了“蛊毒”之类的巫术魔法。弥留之际，唐赐告诉妻子张氏，等自己死后，要其剖开自己的肚子，看看究竟是什么样的“蛊虫”在作怪。这或许也有要找到证据去告那户亲戚的意思。

张氏遵从丈夫的遗愿，在丈夫死后亲自剖开尸体检查。邻居知道这件事后，就到当地官府告发她破坏亡夫的尸体。当地官府将张氏以“忍行刳剖”亡夫遗体的罪名抓了起来；另外，又因唐赐的儿子唐副不阻止母亲干这“伤天害理”的事情，把唐副也抓了起来。

不过，就在这个案子审判前，朝廷发布了大赦令。按照古代法律，发生在大赦令下达前的普通刑事案件，一律不得受理和处置；只有被认为是特别严重的“不道”（违反天道）案件才可以照常处理。而这个案件过去从来没有遇到过，法律也没有确定这是“不道”罪名，有关的法律只是规定：伤害死尸的，要处以四岁刑（关押起来服四年苦役）；妻子伤害丈夫，应判处五岁刑；儿子不孝顺父母的，处以“弃市”（死刑）。这三条法律都不能直接适用于这个案件。地方官府只得将这个案件上报朝廷，请求朝廷裁决。

在朝廷各部门官员讨论这个案件时，主管司法审判的三公曹郎中刘勰认为,张氏是忍痛遵从丈夫的遗言,唐副作为儿子也没有阻止的道理;考虑到这件事情的动机,张氏并非残忍伤害丈夫遗体,应该可以获得宽大处理。

可是吏部尚书、朝中著名的老臣顾觊之却认为:"法律规定,移动道路上的遗尸,都要作为'不道'来处理,更何况是妻子对丈夫的遗体施行常人所不忍心做的行为?法官不应偏离正道去照顾小恩小惠,应按照大是大非的道理来裁断。唐副应作为'不孝'罪来处理,张氏则应作为'不道'罪来处理。"

这场针锋相对的讨论没有结果,宰相只得将双方的意见都上报给皇帝。当时的皇帝刘骏(史称宋孝武帝)一直很欣赏顾觊之的见识,前一年还曾特意批示已到退休年龄的顾觊之留任吏部尚书。因此,他很快就批示按照顾觊之的意见判决此案:张氏与唐副都是死罪。(这个案件记载于《宋书·顾觊之传》和《通典·刑法八》)

这个案例的处理原则后来被朝廷法律吸收。唐宋法律规定,凡是焚烧、肢解他人尸体的,或者将尸体遗弃在水里的,都要按照斗殴杀人罪处罚,构成死罪可以减一等处罚(改判流三千里);但如果是残害尊长亲属尸体的,即便只是损伤了尸体的头发,也必须处以斩首刑。同样,明清法律也规定,毁弃尊长尸体的,处以斩监候。

妻子并不直接归属于“卑幼”，但古代法律一般比照卑幼亲属来处理。唐宋元明清的法律都没有明文规定“妻妾毁弃夫尸”的罪名，但若发生案件，都按照卑幼侵害尊长的法律处理，并报请皇帝批准。因此，田氏真若破开庄周头盖骨取脑髓，也是一个死罪。

晚清还曾立法规定，如果反过来是丈夫毁弃妻子的尸体，就可以减刑四等，仅处以杖七十、徒一年半。如果是轻微损害，再减一等，处以杖六十、徒一年。

16. 巧中巧的谜案故事——《十五贯》

现代定型的传统名剧

昆曲《十五贯》剧本翻版于清初传奇《双熊梦》(又名《十五贯》),原作者朱素臣是清初苏州著名剧作家,他根据宋人话本《错斩崔宁》以及明代小说《醒世恒言》中的“十五贯戏言成巧祸”改编成传奇剧本。

所谓“双熊”,是指剧中受冤枉被判死罪的熊友兰、熊友蕙兄弟,“梦”则是指法官况钟因为一个梦而注意到案件可能有冤。而兄弟二人陷入冤案都与十五贯钱有关。兄长熊友兰出外当艄公,以供生计,弟弟熊友蕙在家闭门苦读。不料老鼠衔走隔壁冯家米店的十五贯钱和一双金环,金环被衔入友蕙书室,十五贯钱被拖入鼠洞。熊友蕙以为金环乃上天赐予,便到冯家米铺换粮。冯家老板冯玉吾见金环眼熟，让儿子冯锦郎向儿媳讨要金环查看，冯锦郎又恰恰误食了熊友蕙放置了鼠药的炊饼而中毒身亡。冯玉吾便认定熊友蕙与他的儿媳侯三姑有私情，暗中勾结做了盗窃杀人之事。二人被判死罪，并且熊友蕙被追缴十五贯钱。

熊友兰闻知此事，得到商人陶复朱捐赠的十五贯钱，想赶回家中打点，途中恰巧与清晨独行的青年女子苏戌娟同行。而前一晚，苏戌娟的继父、屠户游葫芦从其姐姐那里借得十五贯钱，回家后对苏戌娟开玩笑说十五贯钱是卖苏戌娟所得，故苏戌娟在清早悄悄逃走，投奔高桥姑妈。事有凑巧，苏戌娟走后，游葫芦被娄阿鼠杀害，十五贯钱被盗。当邻居发现与苏戌娟同行的熊友兰正好带有十五贯钱时，便认定熊友兰是嫌疑犯，将他送官。两人被官府定为通奸杀人抢劫犯，亦被判死罪。最后，况钟在监斩时听四人喊冤，于是向巡抚周忱力争重审案件，终于辨明冤屈。

《双熊梦》故事曲折，有悬念、冤情等足以吸引观众的情节，后来被广泛传演。近代地方戏剧如秦腔、梆子戏都有此剧目，流行于北方、西南等地。其中，《审鼠》等片段也成为著名的折子戏，广为流行。

1956 年，浙江昆剧团将这个传统传奇改编成昆曲《十五贯》。改编本保留了娄阿鼠因盗十五贯钱而杀死肉店主人游葫芦,知县过于执主观臆断熊友兰、苏戍娟为凶手的情节,删去况钟宿庙、神明托梦,集中描写了况钟、过于执、周忱处理案件的不同态度,通过这几个不同人物形象的塑造,集中故事的线索,突出况钟为民请命的精神。《十五贯》的改编和演出,在当时引起很大的轰动,被认为是使昆曲获得新生的剧目。1956 年 5 月 18 日,《人民日报》发表题为《从"一出戏救活了一个剧种"谈起》的社论,称赞它是贯彻"百花齐放、推陈出新"戏曲改革方针的良好榜样。同年,昆曲《十五贯》被摄制成彩色戏曲艺术影片。由此,《十五贯》成为现代家喻户晓的剧目。

有神力的老鼠?

《双熊梦》的一个细节,是老鼠将十五贯钱拖入了鼠洞,以至于在现场找不到这笔钱。后来屠户游葫芦也是将从姐姐那里借来的十五贯钱背回了家。熊友兰则背着从商人陶复朱那里得到的十五贯钱,与苏戍娟同行。这个细节在后来的彩色艺术影片《十五贯》中依然保持,游葫芦背着十五贯钱回家,而娄阿鼠杀死游葫芦后也是背着铜钱逃离现场。

"贯"是中国古代的货币单位,专指一千枚铜钱。使用一根“缗”绳，逐一穿过铜钱中央的那个方孔，将一千枚铜钱连成一串，就称为“一贯”或者“一缗”。因为铜钱的单位价值比较低，单个一枚铜钱“一文”往往只能买一碟醋，所以，交易规模稍微大一点，就必须以贯为单位。

自隋代以后，法律都规定每个铜钱的重量应该相当于十分之一两，也就是“一钱”。换言之，十个铜钱应该等于一两。明清时期的一两，大约相当于今天的三十七克。因此，一贯铜钱的重量应该至少在三点七千克以上，十五贯铜钱的总重量至少应该是五十五点五千克。那么问题来了，老鼠哪来那么大的力量，可以将五十五点五千克的铜钱拖入鼠洞？况且十五贯铜钱的总体积也非常大，放在地面上都是极其显眼的一大堆，哪里来容积那么大的老鼠洞？实际上不要说是老鼠，就是一个壮劳力背负重达五十五点五千克重的十五贯铜钱长途跋涉也是很吃力的，当艄的熊友兰和屠夫游葫芦作为体力劳动者，还有一定的可能性，偷鸡摸狗的娄阿鼠要轻松逃离现场的可能性就不大。

宋人话本《错斩崔宁》中，明确十五贯都是铜钱。刘官人得到岳父资助十五贯钱作为经商资本，“却说刘官人驮了钱，一步一步捱到家中”。当晚小娘子因为刘官人戏言铜钱乃是将其出卖所得而出走，恰好一个输了的赌徒夜入刘家，杀了刘官人,“取了十五贯钱,扯条单被,包裹得停当,拽紮得爽俐,出门,拽上了门就走”。小娘子在半路上遇见一个小伙子,“背上驮了一个搭膊,里面却是铜钱”,两人结伴而行。宋代衡制与明清时相仿,一两也是三十七克左右。但是,宋代铜钱以贯为单位流通时,一般采用“省陌”方式,也就是以七百七十文作为一贯,因此十五贯铜钱大约重量是四十二千克,长途背负或许还有可能。

不妨进行一番合理的推测:《双熊梦》原来设计的这个细节,很可能是指十五贯纸币。明朝建立后就推行纸币政策,政府发行“大明宝钞”,强制规定民间交易必须使用。大明宝钞的最大单位面值就是一贯。一贯钞长一尺,阔六寸,老鼠有可能拖动,所以宝钞也有可能被拖入鼠洞。虽然明中期开始,民间交易已经不再使用宝钞,但是朝廷依旧在印刷发行,“积之市肆,过者不顾”[《明宪宗实录》成化二年(1466 年)]。后来清朝初期也曾发行纸币,制度与明朝相似。所以,在《双熊梦》创作的年代里,纸币的使用是一种社会常识。而在这个剧目以后的演变中,修订者已经不具备这一知识了,将道具都改成了铜钱,显得不符合生活常识。

五更行刑时?

今本《十五贯》第四场,是整个故事转折点。况钟受巡抚周忱委派为监斩官,连夜提取两名死罪囚犯熊友兰和苏戌娟,交代刽子手:“只等那谯楼敲五更,速将钢刀齐擎,速将他斩首回令!”这说明是要在黎明时分执行死刑。而在传奇《双熊梦》的第十五出,也是同样情景,“上台转奉部文,连夜决囚四名,委本府监斩四犯”。这是要在黑灯瞎火的半夜里执行死刑。

这好像跟我们从一般的古代小说戏曲里得到的印象不一样。前文“错中错的奇案——《宋上皇御断金凤钗》”一节中已经提到,在元代杂剧和明代小说里,行刑时分大多是“午时三刻”。

在《十五贯》故事发生的明代,法律规定的禁刑日期和唐宋完全一样。而行刑时刻上只有原则性的规定,凡是“雨未霁、天未明”,不得行刑,换言之,执行死刑应该是晴朗的白昼。根据嘉靖二年(1523年)的一条法令,“今后处决重囚,务在未刻以前毕事”。那就是强调在下午执行。嘉靖七年(1528年)的法令,则还是强调白天行刑,“庶得白日示众,兼免黑夜他虞”,一来是为了“示众”威吓,二来是为了防止黑夜行刑发生不测事件。

既然从法律上和习惯上一般都是在白天行刑,那为什么《十五贯》描写的却是夜间行刑?这就需要了解古代法律的另一项强制性规定。古代所有的死刑案件都必须经过朝廷批准——皇帝御笔勾决,由朝廷刑部发出死刑执行令。为了防止发生意外,明清法律明确规定,各地关押有死刑罪犯的地方衙门,在收到刑部死刑执行令的三天内必须将死刑执行完毕,并向朝廷报告。法律还具体规定,禁刑月将到,刑部在发出死刑执行令时,要预计文件的行程,加快文件行程。“钉封专差驰递,该州县奉到部文,即日处决。”所谓“钉封文书”,就是用铁钉将文件夹钉死,由专门的快马传递,只有封面上写明的地方衙门才能打开。

接到钉封文书的当天必须行刑;而地方官府在接到死刑执行“部文”的三天内,也要考虑禁刑时段的规定。因此这时就可以忽略有关白天行刑的一般性规定,只要在第二天天亮前执行死刑完毕,就算是合乎法律的要求。《十五贯》的情况正是如此,即因“转奉部文”才形成半夜行刑的情况。

临刑喊冤

《十五贯》里,况钟只是个监斩官,但他禁不住熊友兰、苏戍娟苦苦哀求,“人人都说你是爱民如子,包公再世,难道你也不分皂白,看小人冤死吗?”而且况钟又从两人的供词中察觉漏洞,决心向巡抚请命。

在《见都》一场中,况钟向周忱反复请求。他的理由中最重要的一条,就是“那律典上载着一款:凡死囚临刑叫冤者,再勘问陈奏”。也就是说,他作为监斩官,在死囚喊冤时,有权暂停行刑。而在原来的《双熊梦》剧本里,况钟也是以这条法令为理由向周忱力争,只不过说的是“那《会典》上原载有一款”。

这里作者引用的确实是《大明会典》的条文,而《大明律》里没有这一条。清朝建立后,《大明律》被全盘沿用,但《大明会典》失去法律效力。因此清初死囚临刑喊冤一般不能停止行刑并启动再审程序。后来清朝在嘉庆十二年(1807年)又特意立法:“凡处决人犯,有临刑时呼冤者,奏闻覆鞫。如审明实有冤抑,立为申雪。将原审官参奏,照例惩治。如系妄行翻异、冀延显戮,除原犯斩罪仍即处斩外,如原犯绞罪者,亦改为斩罪,即行正法。”这里确定的程序是,在发生临刑喊冤的情况时,可以停止行刑,向皇帝报告请求复审。如果确实是冤案,原审法官全部要被处分;如果查明只是罪犯企图拖延生命,斩首的依然斩首、绞刑的加重为斩首,立即执行。

从今天的眼光来看,这项制度似乎非常具有人道精神。不过要记住的是,古代司法权力集中在皇帝一人之手,处死的命令来自他,那么赦免的权力自然也来自他。即便被押上刑场,只要皇帝下令,仍然可以被赦免。罪犯喊冤,由皇帝指令复审,也是皇帝权力的显示。因此,在极度加强了君主专制集权的明清时代,制定这样的法律是顺理成章的。

17. 守节持家成正果——《三娘教子》

改换主题的名剧

京剧《三娘教子》是一出近代名剧。故事情节如下：明朝时，儒生薛广离家前往镇江经商。年久，委托同乡带银回家。想不到所托非人，那个同乡吞没了五百两银子不算，还伪造薛广死讯。薛广家中有妻张氏，妾刘氏、王氏；刘氏生有一子，乳名倚哥。张氏等闻知噩耗，举室号啕，使老家人薛保运回灵柩安葬。后来家道衰落，张氏、刘氏不能耐贫，先后改嫁。王氏（三娘，王春娥）立誓抚养倚哥，靠自己手工织绢换回生活来源。倚哥在学堂被同学讥为无母之儿，气愤回家，不认三娘为母，语语顶撞。三娘怒不可遏，将刀割断织机上的机头，以示决绝。薛保竭诚劝导，母子始和好如初。

故事至此尚未完结,过去一般接演下本《忠孝牌》(又名《忠孝牌坊》)。薛广后来弃商入仕,以兵功荐升至兵部大员,请假归里。三娘、薛保先是以为见鬼,经薛广一再说明,才认定亲人。正好薛倚哥科举及第,回家认父,全家团圆。朝廷为此特赐"忠孝节义"四字牌匾。

《三娘教子》与《忠孝牌》合称《双官诰》,指三娘因丈夫、儿子双双为官,得到朝廷诰命而为正式夫人。这个故事据说来自于明代的真人真事,主人公原名冯京。明末清初时已有多种文艺形式讲述这个故事,比如清初有传奇《双官诰》,以及作家李渔的小说《无声戏》第十二回"妻妾抱琵琶梅香守节"。到了晚清,这个故事被改编为昆曲《双官诰》。不过这个传统故事原来的主题是"守节终得报",而京剧《三娘教子》的主题已有改换,突出的是忍辱负重、抚养教育后代。

"连升三级"的王春娥

在这个故事原来的版本里,王春娥并不是"妾",而只是主人的"通房丫鬟"(俗称"小大姐"),就是已被主人"收用"(发生性行为)的丫鬟。在传统法律里,这样的丫鬟连亲属身份都没有,仍然只是个单纯的家庭劳力,惹了主人不高兴,立刻就可以被转卖出去。只有在被主人赏识而正式提升,才可成为"妾",算是小老婆,可以梳一种主人妇女才能梳的发式,可以有自己的房间,可以有自己的丫鬟,被称呼为"小夫人""姨太太",或者简称为"新娘"。

明代法律并不允许一般平民娶妾,男方只有在年过四十、尚且无子的情况下,出于延续后代的理由,才可以娶一妾。违反者要处以"笞四十"的刑罚。奇怪的是,这一条法律没有明文规定应该跟违法所娶之妾离异,所以后来的解释者们认为这是故意漏开的后门,默认已娶之妾的既成事实。不过传播者总要减少违法的风险,因此这个故事开始流传的时候,传播者还是很谨慎地将男主人公安排为合法的、只有一妻一妾的状态。

因此,就当时的法理来说,王春娥作为丫鬟既没有为主人守寡的义务,也没有可能上升到家长位置。但是在这个故事里,主人的正妻和妾都想尽快改嫁。原来,正妻作为家长,妾的改嫁应该由她主持,收受男方的聘礼;并且可以处置通房丫鬟,后者或嫁或卖也都该由她主持;妾留下的孩子也应该由她抚养。现在正妻自己都要改嫁,只有通房丫鬟愿意留在家中抚养孩子,妻、妾反倒过来感谢她,这样王春娥才成为主妇,成为"三娘"。

在《忠孝牌》剧情中,薛广衣锦还乡,带回朝廷诰命夫人的全套行头,知道妻妾全都改嫁,是王春娥维持了自己的家庭,感激不尽,立刻就表示王春娥就是自己的妻子,要她穿戴起“凤冠霞帔”当夫人。想不到王春娥却搭起架子:“听一言气得我团团打颤,听为妻将前事细说一番:想当年有一封家书回转,一字字一行行写在上边。书函上写的是张、刘二氏,并无有王春娥添上一言。一大二小三奴婢,为奴婢我怎把霞帔来穿?”结果是薛倚哥、薛保下跪恳劝,王春娥才接受:“忠孝儿子跪面前。知道还说他不是,不知还说我不贤。罢罢罢,看在我儿面,头戴凤冠霞帔来穿。”这一段描写,实际上还是延续了原作中王春娥“通房丫鬟”的身份。

总之,在这个故事里,王春娥因为守节、持家,得到善报:自己的身份“连升三级”,从丫鬟上升为正妻,还一举成为诰命夫人、官太太。

母与子的法律纽襻

《三娘教子》里,薛倚哥放学回家,王春娥因为他背书不麻利,要用“家法”打他。薛倚哥回嘴说:“你打别人孩儿好不害羞。”“妈吓,你要打,生一个打,养一个打。你打别人的孩儿,好不害羞,好不害臊。”王春娥大吃一惊,问道:“儿吓,这两句话,哪个教道与你?”薛倚哥说:“饭也会吃,书也会念，这两句话，还不会说么？”王春娥无可奈何，说：“话倒是两句好话，可惜儿讲太迟了。”薛倚哥嘴还很硬：“你今天不打我，我还不说呢。”王春娥只叹得一声：“哎，天吓！”薛倚哥乘王春娥伤感之机，赶紧溜走，“哎，地吓！白相去哉”。戏里为王春娥安排了这样的唱词：“小奴才一言问住了我，闭口无言王氏春娥。叫一声薛郎夫阴曹等我，等候了你的妻同见阎罗。”

王春娥确实不是薛倚哥的亲生母亲，那么她对于薛倚哥就不能行使家长教训权？她难道没有了做薛倚哥母亲的资格？在这个残破的家庭里，王春娥除了薛倚哥的主动服从外，就没有了法律支持的权威？

近代京剧《三娘教子》的这段安排，实际上对中国传统家庭制度有所误解。在中国传统法律里，对于母子关系有非常细致的规定。像《三娘教子》里这种情况，如果薛广的正妻张氏、妾刘氏都没有改嫁，仍然在这个家庭里一起生活，那么张氏就是薛倚哥的“嫡母”，也就是薛倚哥法律上的母亲，在亲属关系上与薛倚哥的“生母”刘氏同属于最亲密的头等亲属“斩衰亲”，但因为张氏是家长，所以薛倚哥必须首先服从张氏的指令教训。而王春娥作为薛倚哥父亲的“无子妾”，确实与薛倚哥没有任何法律上的亲属关系。王春娥如生育有薛广的其他孩子,才为薛倚哥的“庶母”,属于第二等级的亲属“期亲”。

可是戏里出现的情况是,薛倚哥的“嫡母”“生母”都弃他而改嫁他人,王春娥辛苦纺织抚养薛倚哥,按照古代法律规定,因为存在这样的抚养关系,王春娥就是薛倚哥的“慈母”,亲属关系上升为头等的“斩衰亲”;同时,由于和儿子存在这样的亲属关系,她也上升为家长。原来的家长张氏丧失一切和这个家庭、和这个儿子的关系。而薛倚哥的生母刘氏,也因为改嫁,与薛倚哥的亲属关系改变为“嫁母”,亲属关系消灭,只有在她去世时,薛倚哥要为她服丧“齐衰杖期”(穿着十三个月丧服)。

因此,按照古代法律,王春娥实际上完全有责罚教训薛倚哥的权力。甚至如果薛倚哥不服教训,王春娥无力责罚时,还可以请求政府司法权力帮助。

抚养恩情等同血缘

中国文化注重“报”,强调子女对于父母养育之恩的报答,是“孝”的最基本动力。因此中国传统法律判定亲属关系、亲属等级的基准有二,与血缘关系并行的是抚养关系。有养就有恩,有恩就有亲,有亲就有权,相应的子女就有服从和遵从教训的义务。由于父亲的正妻作为与父亲并列的家长，是父亲所有孩子的抚养者，因此是所有孩子的“嫡母”，无论孩子是否为她亲生，她都有教训责罚的权力。而在嫡母、生母都改嫁时，养育的“慈母”就获取了这项全权。

在这个故事广泛流传的明清时期，这本来是常识问题，因此在明清时期这个故事的版本里，并没有突出“教子”这一情节。比如清初作家李渔《无声戏》第十二回“妻妾抱琵琶梅香守节”，就没有“教子”这一段。清初作家陈二白改编此故事为《双官诰》，也并不突出“教子”而形成的冲突。

而近代京剧《三娘教子》里，当薛倚哥与王春娥发生冲突时，老管家薛保前来劝解。王春娥哭诉：“他，他，他，他言道我不是他的亲娘！”而薛保的对应是：“三娘忍耐了吧！”这样的剧情安排，就使得接下来薛保劝薛倚哥的那段话显得缺乏说服力：“现有家法在此，顶在头上，跪在你母亲面前，你就言道，‘母亲吓母亲，孩儿下学回来，一言冒犯母亲，现有家法在此，望母亲高高举起，轻轻落下；打儿一下，如同十下；打儿十下，如同百下；打在儿身，痛在娘心。’你母亲有爱子之意，她就不打你了。”本来冲突的原因在于，薛倚哥对于王春娥是否是自己母亲产生怀疑，不解决他的这个怀疑，不说明母亲的身份地位，怎么能让薛倚哥讲出这番软话？这是近代京剧《三娘教子》的剧作者一个很大的漏洞。不过,慈母责顽子的题材在近代显然要比原来守节的主题更贴近生活,更能引发观众的认同,足以掩盖这个情节上的法律漏洞。

18. 浓缩版的社会生活场景——《四进士》

屡经改编的连台本戏

京剧、汉剧、川剧等戏曲的传统剧目《四进士》，原来是一出连本台戏的剧目。京剧在早年富连成科班演出时，这个剧目名为《节义廉明》，一共四本，每天演一本，四天演全。马连良在二十世纪二十年代编演此剧，改名《四进士》，剪裁了不必要的场子，精炼成为一日演全的剧目。后来周信芳再次改编这个剧目并拍成电影，大大压缩了剧情，改以主业开店、副业讼师的老头宋士杰（谐音“讼师杰”）为主角，直接以《宋士杰》为名。

由于这个剧目的故事内容触及了中国传统社会中最重要的一些生活场景：家庭纠纷、兄弟失和、亲族凶杀、寡妇守节、官场腐败,几乎是一场社会生活全景的浓缩版,很能打动观众。这个剧目也牵涉到很多的法律问题。由于剧目形成时间比较久远,原来的剧作编演者比较熟悉当时的法律制度,因此和《秦香莲》等近代剧目不同,还是保留了传统法律制度的基本特点。

《四进士》的主题歌颂杨素贞之“节”,杨春、宋士杰之“义”,毛朋为官之“廉”,以及毛朋最后断案之“明”。而且该剧在几十年中不断锤炼取舍,精细琢磨,人物性格鲜明生动,能给观众留下深刻的印象,因此常演常新,成为名剧。

几条主线的故事情节

剧目名称来自剧中的四个人物。明朝嘉靖年间,四个同科进士——毛朋、田伦、顾读、刘题——在双塔寺海誓山盟:今后出任为官,绝不贪赃枉法。

几年过去,四进士之一的田伦家里出了件事:他的姐姐田氏设计毒死小叔姚廷美,反诬指弟媳杨素贞谋杀亲夫,趁势将杨素贞赶出家门,卖给杨春为妻。杨春知道素贞的冤情,深表同情,与杨素贞结为兄妹。

四进士里的另一位毛朋以为官清正闻名,被朝廷指派为“河南八府巡按”。他没有公开出巡,而是一路“微服私访”,

前往河南,恰好在路上遇到了告状无门的杨素贞。毛朋替杨素贞写了状纸,叫她去信阳州申冤。

故事由此变成以杨素贞、杨春兄妹申冤故事为情节主线。兄妹二人来到信阳州,不幸又被冲散。杨素贞人地生疏,又遇几个狂徒拦路调戏,幸被开客店的宋士杰搭救。这个宋士杰原来在道台衙门当一名刑房书吏,因爱打抱不平而被革役。听了杨素贞的冤情,宋士杰打抱不平的脾气再次发作,把她收为干女儿,带她到信阳州的道台衙门去告状。而信阳州道台老爷就是四进士里的那个顾读。

田伦的姐姐接到了传票,要到信阳州衙门受审。她怕阴谋败露,赶紧央求弟弟田伦给顾读写信,并随信附上白银三百两。田伦派了公差给顾读送信和银子,正巧也住到了西门外的宋士杰客店。宋士杰见他们行踪可疑,趁他们熟睡之时,发现了田伦的密信,便立即将信上的字句一一抄下。

第二天州衙门升堂审案,顾读已经看过了田伦的密信,也收到了三百两银子。顾读于是将杨素贞苦打成招,杨素贞承认自己谋杀亲夫,被押入大牢。接着顾读就宣判田氏夫妇无罪开释。宋士杰算是“唆讼”,挨了四十大板。

回到家里,宋士杰又巧遇杨春。他再次写了状纸,让杨春以兄弟身份去向新来的“河南八府巡按”拦轿告状。这位新来的河南八府巡按,就是曾在路边柳林中为杨氏兄妹写状纸的毛朋,这时他已经公开了自己的身份,大摆仪仗,赶赴信阳州。

毛朋受理了宋士杰起草、杨春递交的状纸,开堂重审这件命案。宋士杰被传来出庭。他当庭拿出抄下的密信为证,控告田伦、顾读贪赃枉法。杨素贞的冤情由此大白。铁面无私的毛朋斩了田氏夫妇,革了田、顾两人的官职。同时,他又因宋士杰一状告倒两个大官,要将其判往边疆充军。好在杨素贞情急生智,认出毛朋就是柳林中为自己写状纸的人。宋士杰指出毛朋办事不公:要是打抱不平也犯法,那么毛朋先替杨素贞写状纸,是第一个打抱不平的人,也是第一个“唆讼”的讼师。毛朋被问得哑口无言,只好释放了宋士杰。

《四进士》故事的缘起,是作为反面教材的亲属相残情节;而它的后半部分,剧情则集中于起诉、审案,简直就像是一部诉讼教科书。随着杨素贞、杨春、宋士杰不断申冤起诉,顾读、毛朋等官员反复审理判决,台上角色仿佛在为台下观众进行诉讼知识的灌输。

田氏鸩叔

《四进士》全剧故事开始于姚家的家庭纠纷。姚廷春、姚廷美两兄弟，在父亲去世后分户吃饭，但没有正式分家。哥哥姚廷春是个醉鬼，嫂子田氏为人阴险。姚母喜欢小媳妇杨素贞，因此与小儿子合住。

田氏素来讨厌杨素贞。当听姚廷春说起姚母有意要给两兄弟正式分家，田氏盘算："当初我公爹在世的时候，就偏疼那杨素贞，把一对紫金镯就给了她啦！怎么着，过两天就要分家啦？甭说呀，是好东西都得给她们呀！还有我的好儿吗？哎呀这……哎！我这还有包耗子药，先把二弟姚廷美给毒死，再花俩钱儿买通杨素贞的哥哥杨青，把杨素贞给卖了。把她儿子保童往外这么一轰，那个老的就得急死。这份家产不就都归了我们了吗？这就是这个主意！"

田氏这个狠心的计划，起因就是中国古代特有的财产继承制度。在中国古代社会，法律和习惯都强调家庭财产的垂直继承原则，遗产只能由死者的直系后代如儿子或者孙子来继承，作为旁系亲属的兄弟姐妹没有继承权。明清时的法律规定，死者的财产"诸子均分"；没有儿子的，可以为死者"立嗣"（过继一个侄子辈份的继承人）；未婚女儿参与儿子们的均分，但份额仅是儿子的一半；没有儿子且既没有立嗣也没有未婚女儿的，已婚女儿才可以继承遗产；连已婚女儿也没有的，就作为无人继承遗产由官府没收。显然，我们今天法律里作为第二顺序继承人出现的兄弟姐妹,在明清时期并没有被划入继承人范围。

剧中姚廷春、姚廷美兄弟在父亲死后没有分家,现在母亲打算让两兄弟分家,兄弟俩将平分父亲留下的家产,并给母亲留下一份养老的财产,待母亲去世时再来平分。姚廷春作为大哥并没有什么分财产的优先特权;相反,分家必须要由婆母来主持,而婆母又喜欢小媳妇杨素贞,很可能会私下再给小儿子一点好处。田氏只能尽快行动,在分家前先设法毒死姚廷美,卖掉杨素贞,赶走姚廷美的儿子保童,这样她的丈夫姚廷春就成为唯一的继承人,可以独吞父亲留下的全部遗产。可见,姚廷春一句闲话,促使田氏定下“霸产害人命,拔去眼中钉”的决心。

杨青卖妹

毒死姚廷美,只是田氏计划的第一步,只要杨素贞还在,她和姚廷美的儿子保童还在,姚廷美这一房也就在,父亲的遗产仍然要平分。所以田氏一定要把杨素贞的酒鬼哥哥杨青找来,要他去卖掉杨素贞。因为她已经认准杨素贞的哥哥杨青是个“见了银子黑了心”的人,肯定愿意拿亲妹妹换酒钱。

杨青果然乐意卖妹赚钱。他以母亲病重、想念杨素贞为由,将丈夫死后未满“三七”的杨素贞骗出家门,带到与买家约定的柳林之中,以三十两银子的代价,把亲妹妹杨素贞卖给了想买房妻室的外乡人杨春。

哥哥能够卖妹妹吗?这当然是违法的。明清时期刑事条例明确规定,将亲姐妹出卖给他人做妻妾,要按照诓骗他人财产计赃定罪,赃一两以下杖六十。按照杨青卖妹所得三十两银子,应判处其杖九十。另外,杨青这个行为还触犯了另一个罪名,就是在寡妇自愿守寡时,以欺骗或强迫手段强迫寡妇改嫁。如果已成婚,要判处其杖七十,徒一年半。而且按照法律规定,寡妇改嫁的主婚权属于夫家的家长。换言之,姚母不点头,杨素贞是不能改嫁的。所以剧作者设计的是违法拐带情节。

另外,在本剧开头,毛朋巡按河南下五府前发出的告示,是一项新的地方临时法规:“若有贩卖人口者,责打四十大板,一面长枷。”这个情节也非常真实,是明清时期地方政府经常发布的禁令。

从法律上讲,明清的法典对于买卖人口有明确的条文,规定:“设方略而诱取”(有预谋的强夺及诱骗)良民,如果是买卖良民为妻、妾、子孙的,处以杖一百,徒三年。如果是双方合意买卖人口,将良民卖为奴婢的,处以杖一百,徒三年,卖为别人妻、妾、子孙的,处以杖九十,徒二年半。以后的条例进一步规定对触犯这一罪名者加重处罚,一律发边远之地充军。再犯者用一百斤大枷,枷号示众一个月再充军。三犯者一律发极边烟瘴之地永远充军。

毛朋发布的告示,规定对贩卖人口的,责打四十大板,一面长枷(就是枷号示众的意思),这好像比法律规定减轻了很多。不过这实际上只是先行处分,在责打枷号完毕后,并不排除按照法律正式判罚。

杨青卖妹,可以辩称是“嫁妹”,因为嫁妹可以收取男方“聘礼”;而在买方杨春这边,买人为妻,也可以说是“娶妻”,付出的只是“聘礼”。剧中杨青确实也伪造了由杨素贞婆母画押的“婚书”,“立婚书人陈氏,只因杨素贞在家吵闹不贤,令其胞兄带回家去”。

但是这笔可以伪装为嫁娶的买卖有一个漏洞:杨素贞和杨春都姓杨,按照古代法律,“同姓不婚”,主婚与男女都要处杖六十,并强制离异,女方回娘家,男方已付出的财礼全部没收。此事一旦被发觉,只会被按照买卖人口罪来处理。因此剧作者安排的情节是,杨春后来被杨素贞哭诉感动,双方结为兄妹。毛朋开始为他们起草的状纸里也说:“胞兄杨青,推母有病,将小女子诓到柳林,卖与贩售人杨春。”杨春为此请求修改诉状,将文字改为“将小女子诓到柳林,卖与异乡人”。这样杨春就得以从这场买卖脱身,成为单纯保护妹妹的大哥。

由于普遍的穷困与社会的两极分化,明清时期人口买卖现象极其普遍,法律的规定形同虚设。晚明时期进入中国的传教士利玛窦在其作品《利玛窦中国札记》里,提到了这个令他吃惊的现象,并分析说中国的穷人太多,“他们当中有很多人无法过没有女人的生活,就把自己卖给有钱的主人家,以期在这家的婢女中找到一个妻子,而这样一来就把他们的子女永世变成奴隶。还有一些人则攒够了钱买一个妻子,等到孩子过多无法抚养时,就以大约一头猪或一匹便宜小驴的价格把孩子卖作奴隶——价钱大约相当于一个克朗或一个半克朗。有时候这样做并不真正有必要,但孩子却从此就与父母永远分开,变成了买主的奴隶,买主想叫他干什么就得干什么。这一做法的结果是全国事实上到处都是奴隶”。

明清的统治者对于这种社会现象没有什么办法,只是频繁的发布法令与告示,作为一种朝廷的“导向”宣示。毛朋的告示就是这样的一种表态而已。从田氏设计、杨青骗妹、杨春公然意图买妻等情节来看,台上的角色和台下的观众都只是将这个告示当作一阵风,只要躲过风头,就不怕违法。

“无赖不成词”

剧中“柳林写状”一折,是讲化装为算命先生的毛朋在柳林中为杨素贞、杨春书写告发田氏的状纸的故事,不仅交代了写状的过程,还让毛朋逐段宣读并解释状纸的原文,简直就是一场活生生的“写状课堂”。

和现代起诉书的格式一样,毛朋写的状纸一开头就是说明当事人的情况:“具告状人孀妇杨素贞,年二十八岁,系河南汝宁府上蔡县四都八甲里姚家庄人氏。”然后是起诉的事由:“状告大伯姚廷春、刁嫂田氏、胞兄杨青等,为害夫霸产,谋卖鲸吞事。”毛朋特意嘱咐杨春,“害夫霸产,谋卖鲸吞”这八个字是本案“由头”,要杨素贞牢牢记住。后来在信阳州客店,宋士杰读到这个状纸,也要杨素贞牢记这个八字“由头”。

毛朋再往下读状纸,“大伯廷春用药酒毒死亲夫廷美,刁嫂田氏用钢刀刺杀七岁保童”。杨素贞一听痛哭不止,毛朋读不下去,要杨春去问杨素贞为何啼哭?杨素贞说:“那保童乃是我亲生儿子,被田氏所害,怎不叫人痛心哪!”于是杨春也陪着大哭:“保童是她的儿子,岂不是我的外甥,被田氏害死,怎不叫我伤心,唉!外甥儿啊!”毛朋赶紧解释说这只是为了让状纸更快得到官府重视的“赖词”(诬赖被告的罪状),“这叫

'牛吃房上草,风吹千斤石。状纸入公衙,无赖不成词'"。尽管杨素贞的宝贝儿子保童并没有死,可是为了增加状纸的分量,写状纸的毛朋毫不犹豫就把这个根本不存在的死罪罪名加了进去。

"无赖不成词",确实是明清时代的诉讼风气,在各地都广泛流行,一般又称"无谎不成状"。作为官府语言,这种现象被称为"驾词恶讼"。当事人在起诉的时候,总是用一些诬赖的重罪罪名作为"由头":仅仅是债务纠纷的,偏要写成"仗势霸占";明明是婚姻交涉,却要写成"灭绝人伦";偶尔的口角打架会写成"行凶杀人",长年的地界纠纷则写成"霸产平坟"。

至晚从秦汉时候开始,历代法律都规定,这样的行为一直是作为诬告来处理的。告人重罪而被告实际只犯有轻罪的,原告就犯了诬告罪,要按照重罪与轻罪之间应判处刑罚的差额来处刑。

至于毛朋这样替人写状纸,故意在事实之外捏造罪名诬告对方的,按照古代法律,也要承担刑事责任。比如唐律专门对此设立一个"为人作辞牒加状"的条文,规定没有按照当事人意思写状,无论是何种后果,都一律处"笞五十";如果像毛朋这样加重对方罪名,就要按照诬告罪处理,反坐所告发的罪名,处刑可以减一等。在故事发生的明朝,法律规定为人作词状时增减情节罪状的,按照诬告处罚,和当事人同样反坐诬告罪名,只有在处死刑的情况下才可以减一等处罚。而在《四进士》剧目形成的清朝,对于毛朋这样在原告当事人毫不知悉的情况下就诬告被告人的,法律明确规定要以写状者为诬告罪的首犯,反坐全部罪名,且没有减刑一等的待遇。因此从法律规定来说,像毛朋这样在原告当事人不知情时诬告被告一项死罪(用钢刀杀死保童),是要反坐死罪的。

不知名的《四进士》作者是熟悉明清法律的,因此设计了相应的情节。在本剧最后宋士杰要被充军时,杨素贞认出主审堂堂巡按大人正是柳林里为她写状的算命先生。宋士杰因此威胁毛朋,要揭发他身为官员替人写状诬告一事,“你在那柳林写状,犯法你是头一名”。毛朋只好感叹“宋士杰说话如利刃,问得本院无话云。下得位来忙松捆,你可算说不倒的一位老先生”,就此释放了宋士杰。

尽管法律有明文禁止,为什么当时民间会流行“无谎不成状”的习惯?连毛朋这样的官员为民写状,也要习惯性地给被告加上一个死罪?

这种现象主要是由中国古代司法的特性决定的。中国古代承担行政兼司法之职的基层政府,主要的任务是维持朝廷的统治，重视的是被认为挑战朝廷统治秩序的重大刑事案件（图谋造反、强盗杀人、谋害父母等），而处理一般的民间纠纷绝非要务。

儒家创始人孔夫子很早就对诉讼之事下过定义："听讼，吾犹人也，必也使无讼乎？"（《论语·颜渊》）意思是：主持审判，我和别人也差不多，重要的是要使诉讼不至于发生。孔子以后的儒家学者都进一步发挥这一观点，把诉讼视为民风浇薄的表现，最理想的是社会上没有诉讼发生，有本事的长官应该能够做到平息民间的诉讼，这叫"息讼"。这就给地方官府不认真审理民间诉讼提供了一个很好的借口。因此，如清朝官员黄六鸿在其著作《福惠全书》中所总结的，民间起诉、官府受理，都是"不得已"之举。黄六鸿认为民间起诉的事情，值得一判的"百无一二"，绝大多数都只是出于一时冲动而已。

官府怠于受理民间诉讼，民间为了"说服"官府受理自己的案件，只能尽量把起诉的事项往官府注重的那些重大刑事案件上靠，"驾词告讼"的习惯也就这样形成了。尽管这样做会触犯诬告罪名，但是由于这种现象实在太普遍，历代官府抓不胜抓，只好睁只眼闭只眼，不予理睬。这样一来，造成的恶性循环是，"驾词告讼"越甚，官府越不予受理；一般纠纷的受理可能性更小,就要写更耸听的“赖词”。跟“狼来了”的故事相仿,结果是“无谎不成状”的风气愈演愈烈。

击鼓鸣冤

即使有了诉状,杨素贞起诉的路程仍格外艰难。毛朋原来是指点杨春和杨素贞到他自己的按院衙门起诉,可是在路途中这对义兄妹失散,杨素贞一个人来到信阳州,毛朋尚未来信阳州“下马”。原来明清时朝廷派出的巡按御史,每年巡行监察一个省,没有固定的驻扎地点。各地府州县城都预先建有供巡按御史办公的衙门,称为“按院”或“察院”。这里平时空关,巡按御史一旦驾临“下马”,立即就可入驻,接受所到地区的百姓申冤起诉,开衙办案。现在毛朋尚未驾临,按院也就不开门。

杨素贞在信阳州举目无亲,幸好结识了爱打抱不平的宋士杰,又得到宋士杰的指点,到信阳州的道台衙门起诉。杨素贞的夫家是在河南上蔡县,和这个信阳州在当时同属于汝宁府。而这个“道台”衙门,是指“南汝光分巡道兼兵备道、水利道”,乃正四品的官职,是由河南省政府派出的一个监察机构负责监察南阳、汝宁两府及光州。这个衙门驻扎在信阳州,剧中角色、四进士之一的顾读就是这里的道台。剧中交代,当时是由道台顾读代管信阳州事务。

历代法律都规定，百姓诉讼必须由下而上逐级进行，只有在起诉被基层官府驳回不予受理，或者案件经过基层官府的审理后，当事人才可以向上级衙门起诉。直接向上级衙门起诉的，构成“越诉”之罪，要处笞五十。如果直接到朝廷直诉的，要处杖一百。《四进士》中姚家住在河南上蔡县，杨素贞要起诉田氏、杨青，应该是到上蔡县衙；不服上蔡县衙裁判的，应该向汝宁府衙起诉。但是按院衙门、道台衙门属于监察机构，有权直接受理百姓“申冤”案件。《四进士》剧本这样安排，说明作者是相当熟悉诉讼程序的。

不过，喊冤的过多，按院、道台老爷们也不耐烦，都会制定一些“土政策”来限制百姓喊冤。比如剧中的道台衙门就规定了专门的“放告”(允许百姓起诉)时日。宋士杰因为与人喝酒错过了放告的时间，只好仗着自己熟悉衙门，带了杨素贞直闯大堂，骗过值堂的衙役，擂鼓鸣冤。这么做一般只能适用于紧急情况。虽然把顾读“请”到大堂之上，但惹得顾读勃然大怒：“哇！本道放告自有日期，擅击堂鼓，定是刁妇。来，扯下去打！”宋士杰又凭仗他在衙门里的老关系，出面劝阻：“启禀大人：看这女子像是远方来的，必有满腹含冤，望大人此刑宽免。”

即便是毛朋这样的清官,也不耐烦被人拦路鸣冤。他在信阳州下马前,先出告示:“有人拦轿喊冤,先打四十大板,然后递状。”宋士杰已经被顾读打了四十大板,“想我偌大年纪,焉能经得起?”于是叫杨春前去拦路鸣冤。不料毛朋认出杨春,才免了这顿打。

民能否告官?

《四进士》全剧高潮,是毛朋“大义灭亲”,将喝酒废事的上蔡县知县、自己的同年进士兄弟刘题罢官,逮捕已被任命为江西巡按的田伦、兼管信阳州的“南汝光道台”顾读这两位贪赃枉法的同年兄弟,“听候圣上发落”。虽然没有像近代包公戏那样立即处死贪官,如此剧情毕竟也能使当时的观众欢欣鼓舞。

只是剧情在结尾处陡然一转,毛朋发话:“宋士杰,你一状告倒两员封疆大臣、一位百里侯(县官的雅称)。该当何罪?”而且说“百姓告官当问斩”,“念你年迈,减去一等罪名,发往边外充军”。宋士杰原本凄凄惨惨地准备充军上路,幸好杨素贞认出毛朋这位巡按大人就是柳林写状的算命先生,宋士杰乘机要挟毛朋,才得以无罪释放。

那么古代到底有没有“百姓告官当问斩”的法律?答案

可以很确定:没有。

明清时的法律允许百姓揭发贪官污吏、向政府提出建议。这被称为“建言”。明初由朱元璋亲自起草的“学规”(官办学校学生守则)明确规定:“一切军民利病之事,许当该有司、在野闲人、有志壮士、质朴农夫、商贾技艺皆可言之,诸人毋得阻挡。唯生员不许。”也就是说,除了官办学校的正式学生“生员”(俗称“秀才”)外,任何人都可以就地方政治情况提出批评建议。

因此,明清时期的刑事条例只是禁止民间百姓在建言时“假以建言为由,挟制官府,及将暧昧不明、奸赃事情污人名节,报复私仇”,有犯此条的,皆发附近充军。另外,如果是匿名揭发,就要判处“绞立决”死罪。如果是暗中敲诈“陷害良善,或诈骗财”,“用重枷枷号两个月发落”,发近边充军。只有在诬告并且已经导致被告发人自杀,或者是敲诈索取钱财超过一贯(合一两银子)的情况下才处以“绞监候”。如果宋士杰还是书吏身份的话,揭发上级“本管官”,若为诬告,要罪名加一级处刑,但若所告真实,并无罪过。

宋士杰是实名向朝廷巡按御史揭发官员贪赃,而且提出证据,巡按御史也已经接受他的揭发,并依据他提供的证据处置了贪赃官员,那他就没有任何的罪过可言。

因此,毛朋所谓“百姓告官当问斩”根本就是于法无据,是一个非法判决。从该剧本身的情节来看,大概是毛朋给自己的同年、同僚一个面子,处罚宋士杰,能够一下摆平三位官员的情绪。而从剧作者的角度来看,或许也在于主动地给观众一个“舆论导向”,即百姓只能老老实实地听从官府,不得妄想揭发贪官。

19. 须臾离不了的官员命根——《失印救火》

马派名剧

《胭脂宝褶》是一出京剧“马派”名剧。这出大戏包含了《烤火下山》《遇龙酒馆》《失印救火》等几个剧目，故事比较复杂，有几条线索。

先是二龙山好汉公孙伯夜入洛阳富豪穆良宅院，搭救被穆良抢来的少女韩翠娥，劫走穆良的金银及宝贝“比目镜”。而书生白简入京应试，正好路过二龙山，与公孙伯结下友情。公孙伯将韩翠娥嫁配白简，并赠以宝贝“胭脂宝褶”。白简将韩翠娥暂寄尼庵，自己到京城赶考，住在表兄的玉龙酒馆。正值上元节，民间大放花灯。明成祖（朱棣）微服私访来到玉龙酒馆。与白简交谈甚欢。白简将“胭脂宝褶”赠送明成祖。

明成祖回宫后封白简为“进宝状元”,命令招安公孙伯,又授白简河南八府巡按御史。白简在巡行中微服私访,不意将印信失落,为百姓仇爱川拾去。仇爱川正好被洛阳县令金祥瑞勒令寻找“比目镜”,误以印信上缴。金祥瑞嗜酒贪杯,诸事仰赖皂隶班头白怀,得到巡按印信不知如何是好,要白怀外出打探。白怀至巡按官船,与白简相见,原来白简正是自己失散之子。父子欢叙,白怀又为白简定计,传洛阳县令金祥瑞单独来见。正在金祥瑞谒见之时,白怀在马厩里放了一把火。白简亲自指挥救火,将空印匣交付金祥瑞保管。金祥瑞见空匣大惊,白怀又劝诱他将仇爱川拾得之印放入空匣。白简于是复得失印,并处置穆良诬告韩翠娥之父韩若水之案,接回韩翠娥,迎养白怀。全剧以大团圆告终。

《胭脂宝褶》源于清初作家盛际时编写的《胭脂雪》传奇剧本,基本情节及主人公姓名都在该传奇中具备。清初另一传奇《绣衣郎》故事也是大同小异,很早就开始流行。二十世纪三十年代马连良先生推陈出新,重新整编该剧,定名为《胭脂宝褶》。

衙役的儿子当巡按

《胭脂宝褶》中的主人公白简,其生父白怀是洛阳县的一名衙役。白怀一上场亮相,就明言:“身为公衙捕快,不图民间资财。在下白怀,乃四川人氏。不幸遭逢兵戈,我一家人失散。是我一人独自来到河南洛阳县,蒙太爷收留,赐了一名皂班头。”当他在巡按大人的官船上看见自己进京读书的儿子白简,简直不敢相信。“儿呀,看你这般光景,想是功名不曾上进,在按院大人台前当了一名幕宾,可是吗?”白简回答:“孩儿进京求名,蒙圣恩封为进宝状元,钦赐八府巡按。”白怀也识字,“为父在衙门也曾看过《缙绅》,上面写着‘明遇天’三字,不是我儿的名字。你不要哄我呀!”白简解释道:“爹爹有所不知,圣上恩赐御名。明遇天就是孩儿的名字。”白怀这才相信,连声“谢天谢地”,为自己当上了“老封君”“老太爷”而高兴。“你如今是八府巡按,为爷的乃是个皂班头,诚恐玷污了你。这也无妨紧要,待我回得衙去,写个辞条,将这个皂班头辞掉也就是了。”

皂隶儿子当上巡按这个情节,在清初传奇《胭脂雪》已经具备。显然,作者并不认为这有什么不妥之处。不过,实际上清代的法律已经将皂隶之类衙役划入贱民之列,其子孙都被禁止参加科举考试。

就理论上而言,中国古代地方政府勤杂工作都是由无偿征发的当地百姓承担的,派差服役,所以称为“差役”。百姓在衙门服役,所以称为“衙役”。明朝法律规定百姓都应充差役。一种是“实役”,按照户籍登记征发十六岁以上的男子为正丁充役。政府对于应役者只发放伙食补贴性质的“工食”。另一种是募役,按在籍人口征收银两,然后由官府招募人员充役。所以明朝的衙役在法律上还算是平民。可是因为替官府当差,一有差错就要挨打、挨罚,一般的良民百姓都不愿服役,所以官府都找无业游民、地痞无赖来顶替服役。久而久之,替官府当差逐渐就成为这些人的“世袭职业”。

由于衙役原来是“义务劳动”性质,官府给予衙役的不是工资,而是“工食”(伙食补贴),数额很少,一年才几两银子。愿意充当衙役的人都不是为了那可怜的工食银,而是冲着衙役可以欺压良善、作威作福,而且样样和百姓打交道的公事都可以讹一点这种陋规的“好处”。这些职业是一般百姓所不愿接近的,衙役逐渐在习俗上被视为贱民。清朝时期,为了压制衙门里的衙役势力,《大清会典事例·户部》规定,衙门服役的皂隶、捕快、门子、弓兵、仵作、粮差,“皆为贱役”。凡贱役本人及三代子孙都不能参加科举考试,也不能捐官。在社会观念上,衙役被视为比娼妓戏子更贱的职业。清初小说《连城璧》中说:“天下最贱的人,是娼、优、隶、卒四种。”隶、卒就是衙役的统称。而清末小说《二十年目睹之怪现状》也有言:

“平民之下，还有娼、优、隶、卒四种人。”

所以，实际上在清代，作为衙役之子的白简是不可能去参加科举考试的。即便是真有这样的事情，也不能写到戏里公然和制度唱反调。另外，作为一项强加的义务性质的“役”，也不是自己写个“辞条”就可以“辞职”的，必须由官府来点名“除役”，才可以结束这项“差役”。原作者为此煞费苦心，设计了白怀、白简原为平民，失散后白怀才充当了衙役这一情节，如此一来，白简就不是贱役出身，可以参加科举考试，和法律没有了冲突。

遗失印信的罪名

《胭脂宝褶》最精彩的折子戏就是“失印救火”。这个故事在明清时期非常流行。明末作家冯梦龙编写历史上著名的智慧故事《智囊补》里，已经编入类似的故事。明末作家陆人龙小说《型世言》第三十回“张继良巧窃篆　曾司训计完璧”和“失印救火”情节如出一辙。而在近代戏曲中，也有很多相似的剧目，比如丝弦《空印盒》将这个故事嫁接到微服私访的御史何文秀身上。

在“失印救火”一折中，白简微服出访，不慎掉落了官印。当他回到官船，向老家人白奇说明：“我下船私访，自不小心，将按院印信失落了!”白奇一听,大惊失色:“哎呀,大人哪!印信失落事小,只恐全家的性命难保!”白简手足无措:“待我投江自尽了吧!”白奇赶紧一把拉住。后来白简的父亲、洛阳县衙门班头白怀听见儿子刚做官就失落了印信,也是连呼:“天哪,天!我儿身为八府巡按,下船私访,自不小心,将印信失落,丢官事小,只恐我全家性命难保!”

古代有“官不离印,货不离身”的俗谚,形容官员须臾离不了官印。尤其是朝廷派出的巡按御史,没有固定的官署驻地,在一个省区范围内巡行,全凭这个官印表明身份。明代巡按御史的官印是铜铸的,方一寸五分,厚三分,约合今 47.6 毫米×47.6 毫米×9.5 毫米,印把上有眼,供御史穿上绳子挂在身上。印文为“某某道(每一省为一道)监察御史”。如果是像白简这样被委派前往特定区域的,就要特意铸造“巡按某处监察御史”。御史官印的字体是“八叠篆文”,和一般官府官印的“九叠篆文”不同。据明朝人郎瑛《七修类稿》的说法,这是“取唐台仪八印义”,即仿照唐代御史台八印的制度。

遗失了这么一颗小小的铜印,难道就要付出官员全家性命的代价?这显然不合常理。明代的法律实际上并没有这样苛刻。《大明律》对此有专门的规定:如果不慎遗失了官府印信,官员要“停俸责寻”,即停发俸禄,负责寻找;在三十日内找到的，可以免罪；超过三十日后依然没有寻获的，处以杖九十、徒二年半的刑罚。而且，实际上官员犯这样的罪名"例无的决"（不必按照法律正式执行），会改换为"赎刑"，用一定量的银子就可赎换刑罚。只是这样一来，官就做不成了。

因此，这个剧目里的情节描写是艺术的夸张，是通过夸大遗失印信的后果，来渲染后来得以脱困的妙计。白怀出主意，要白简单独接见无意中获得白简官印的洛阳县令金祥瑞，然后白怀自己到马棚放火，白简借着亲自指挥救火的机会，将空印盒交给金祥瑞保管。救火归来，立即当面开印盒，"用印批发四路的文书"。如果金祥瑞无奈暗中归还了印信，就保举他高升；要是开出来是空印盒，就立即翻脸，告发"金祥瑞是个盗印的贼官"。按照法律，这个"盗印"的罪名才是个真正的"斩"罪，是要杀头的。金祥瑞只有把印信放回空印盒才能保命。所以金祥瑞恨恨地说，你想要回印信，"可不是这么个要法呀！知道我好喝呀！应该下封帖，把我请过去……呢！预备一桌酒席，酒过三巡，菜过五味，闲谈话，话里套话，袖里来袖里去的，我不就把这个东西给他了。什么事呀！拿苦汤捞我呀！"

20. 凭空想象的道具——包公的大铡刀

“三口铜铡神鬼寒”

以包公为主角的包公戏，是公案类戏曲中最主要的剧目。而包公戏里最重要的道具，就是包公那三把大铡刀，这是包公戏的符号。例如，京剧《铡美案》开场，包公上场诗云：“铁面无私坐南衙，文臣武将胆战麻。任他皇亲并国戚，犯法难逃虎头铡。”《花蝴蝶》一开场，包公上场自表：“铜锣开道人呐喊，谁人不知包青天。我身边随带着张龙、赵虎、王朝和马汉，三口铜铡神鬼寒。一路上断了些个无头案，捉恶霸，断土豪，灭却赃官。黑驴告状真奇案，夜断乌盆伸过冤。只因错断颜查散，地府阴曹铡判官。十里长亭铡包勉，那屈死枉魂速来申冤。”

包公戏总是以“开铡”这一声怒吼而进入剧情高潮，于是很多戏曲直接将包公戏目总结为“大铡”。河南豫剧就有“四大铡”，即《铡赵王》《铡美案》《铡郭嵩》《铡郭槐》四个经典剧目。梆子戏里也有这样“四大铡”的剧目合称。湖北汉剧的“四大铡”略有不同，即《铡美案》《铡包勉》《铡判官》《铡国舅》。

在戏曲的影响下，包公和铡刀结下不解之缘，有包公史迹的地方，一定要摆出复制的三口大铜铡。比如，合肥的包公祠就陈列着三把大铡刀；河南开封“开封府”景点，不仅陈列有三把大铡刀，还天天有演员扮演包公和他的手下，在“开封府”里“开铡”。包公和铡刀，在这些普及度最高的文艺形式的推广下，成为中国民众最熟悉的古代法官与法律的标志物。

遗憾的是，这是完全错误的印象。

作为养马工具的铡刀

中国古代法律里从来没有以铡刀作为刑具的。从先秦到宋代，从来没有铡刀行刑的记载。秦汉时的死刑种类“腰斩”，是罪人裸体俯身趴在“锧”（也写作櫍、碩）上，用斧子砍断罪人身躯。因此有“斧锧”连称代表死刑的说法。后世死刑制度几经改革，最后在隋朝确定的五刑制度，死刑仅有斩、绞两种。斩,是以刀斩首;绞,是以短棍收紧套在罪人颈脖的绳圈,使其窒息毙命。之后唐、宋两代都基本沿袭五刑制度,死刑种类仍然只有斩、绞;只是针对个别极其严重的犯罪,才特设“凌迟处死”(碎割罪人身体,使之痛苦而缓慢地死去)。

因此在包公所处的北宋,是没有铡刀刑具的。甚至就是“铡”这个字也是很晚才出现的。东汉的《说文解字》里根本就没有这个字,在唐、宋两代的文献中也是极难寻找。

铡刀的记载大量出现,是在元朝的时候。建立元朝的是以游牧为生的蒙古人,冬季需要将储备的草料切碎来饲养牲畜。铡刀有固定的支点,能够将草料切割均匀,“铡”字右边部分的“则”,按照《说文解字》“等画(划)物也”,具有均分的字义。明代学者梅膺祚编纂的工具书《字汇》[成书于万历四十三年(1615年)],第一次将“铡”字列入字典,并且解释“铡草也”。可见,铡刀是专门用来铡草的工具。

元代作家马致远创作的著名散曲《借马》,描写马主人不舍得将马借给朋友使用,又碍于面子不好拒绝,只好向朋友百般交代“注意事项”,其中就有一句“软煮料草铡底细”,即请求朋友仔细铡草喂马。杨景贤编写的杂剧《西游记》,木叉向唐僧介绍白龙马的好处:“白日莫摘青丝鞚,黑夜何须水草笼,料槽铡刷不须用。”可见料槽、铡刀、刷子,是当时民间认定的养马必备器具。

元朝人很熟悉铡刀的用法和技巧,因此元曲中常见“轮铡跳塔”的形容词,以表现身怀绝技、机巧过人。比如王晔散曲《水仙子》中,形容风月场老手“风流双渐惯轮铡,澜浪苏卿能跳塔”。关汉卿在《包待制智斩鲁斋郎》里形容鲁斋郎的权势,即便起诉告发也难以拘拿到案,“被论人有势权,原告人无门下,你便不良会可跳塔轮铡,哪一个官司敢把勾头押?提起他名儿也怕”。

元杂剧中的“势剑铜铡”

铡刀本来只是养马工具,可在元代杂剧里,已经将铡刀视为皇帝特赐的刑具,和“势剑”(尚方宝剑)并列。比如郑廷玉《包待制智勘后庭花》中,包公请求审理疑案的全权,于是上级赵廉访答应,“与你势剑铜铡,限三日便与我问成这桩事”。孙仲章《河南府张鼎勘头巾》里,张鼎被长官逼迫查案,“若问成了,我将你喜孜孜赐赏加官。若问不成呵,尝我这明晃晃势剑铜铡”。岳伯川《吕洞宾度铁拐李岳》中有言,“说俺郑州滥官污吏较多,圣人差的个带牌走马廉访相公,有势剑铜铡,先斩后奏”。“势剑铜铡”也被描写为包公在开封府的排场,比如无名氏《叮叮当当盆儿鬼》中有言,“俺则见狠公吏把荆杖挝,恶曹司将文卷押,两边厢摆列着势剑铜铡,中间里端坐个象简乌纱”。

在有的元代杂剧剧目里,铡刀是用来砍头的刑具,比如李行甫《包待制智赚灰阑记》里包公的台词:“可知道为兄妹之情,两次三番,在公厅上胡言乱语的;若不是呵,就把铜铡来切了这个驴头。”无名氏《神奴儿大闹开封府》里的台词:“说的是万事都休。说的不是,将铜铡先切了你那驴头。”可是在有些剧本里,铜铡也可以是腰斩的刑具,比如无名氏《冯玉兰夜月泣江舟》里的唱词:“若不是你金大人势剑铜铡,将贼徒分腰断颈,可不干着俺泣江舟这一段冤情。”

饲马工具铡刀演变为刑具“铜铡”,想来不可能真是用铜做的铡刀,应该是用铜皮包裹了铡刀的木质铡床,防止血液浸透木料,以便于洗刷。

尽管元杂剧里有这么多常见铜铡的情节,可是在元代法律里并没有铜铡刑具。元代法律规定的死刑有两种:一种是斩首,一种是凌迟。在元代法律史料里,也找不到使用铜铡作为死刑刑具的记载。所以,即便是元代确实曾有以铡刀执行死刑的事例,那也只是“非法”行为。

或许是因为元代权豪横行不法事例太多,有些贵族豪强,使用铡刀私自用刑,以至于在社会上留下这样的印象。在武汉臣编写的杂剧《包待制智赚生金阁》里，描写恶霸庞衙内抢夺秀才郭成的妻子，又命令将郭成“就在他浑家根前，着铜铡切了头者”。可是随从来报告，说是“小厮每(们)把郭成拿在那马房里，对着他浑家面前，他便按着头，我便提起铜铡来，可叉一下，刀过头落。那郭成提着头，跳过墙去了……”在马房里行刑，说明使用的就是切饲料的铡刀。在纪君祥《冤报冤赵氏孤儿》里，奸臣屠岸贾唱词：“不争晋公主怀孕在身，产孤儿是我仇人；待满月钢刀铡死，才称我削草除根。”

“失而复得”的大铡刀

包公的传奇在明代继续流传。在1967年出土的明成化(1471—1478年)刊本《说唱词话》里，有六个以包公为主角的公案故事。到了万历年间，所有当时流传的包公故事都被安遇时编纂的小说《包龙图判百家公案》“一网打尽”，全部纳入这本开创性的公案小说，其中包含了包公身世故事，以及整整一百个包公破案故事。恰如胡适在《三侠五义》序中所言：

> 包龙图——包拯——也是箭垛式的人物。古来有许多精巧的折狱故事，或载在史书，或流传民间，一般人不知道他们的来历，这些故事容易堆在一两个人身上。在这些侦探式的清官中，民间的传说不知怎样选

出了宋朝的包拯来做一个箭垛,把许多折狱的奇案都射在他身上。

最值得注意的是,在明成化《说唱词话》和《包龙图判百家公案》里,都没有了那个包公陈列在堂的法宝——“势剑铜铡”。前者六个破案故事与后者一百个破案故事里,包公没有使用过一次“势剑铜铡”。显然,明朝时的艺人、读书人都知道当时的法定刑具里根本就没有铡刀,朝廷也没有赐予官员先斩后奏这把“尚方宝剑”的制度。

《包龙图判百家公案》成为明清两代包公传奇的蓝本,铜铡这个重要的道具也不再被强调。过了几百年,到了晚清时期,著名说书艺人石玉昆(约1810—1871年)有关包公传奇的说书,被人改编为《三侠五义》系列小说,这个时候包公的铜铡又回来了,而且变成了三件套。

《三侠五义》第九回“断奇冤奏参封学士　造御刑查赈赴陈州”,描写了三把大铡刀的来历。说是包公被宋仁宗封为龙图阁大学士,仍兼开封府事务,前往陈州稽察放赈。包公却跪奏道:“臣无权柄,不能服众,难以奉诏。”于是宋仁宗“又赏了御札三道”。包公回衙后告知他的师爷公孙策,公孙策于是故意以“札”字当“铡”字,设计出龙、虎、狗三把大铡刀,并监督匠人连夜打造。包公第二天向宋仁宗报告:“臣包拯昨蒙圣恩赐臣御札三道,臣谨遵旨,拟得式样,不敢擅用,谨呈御览。"当场呈上铡刀后,包公又奏:"如有犯法者,各按品级行法。"宋仁宗居然"龙颜大喜,称羡包公奇才巧思"。

小说作者特别说明,三把大铡刀是"刑外之刑,法外之法";"光闪闪,令人毛发皆竖;冷飕飕,使人心胆俱寒"。小说第十五回"斩庞昱初试龙头铡　遇国母晚宿天齐庙"还仔细描写了铡刀行刑的细节:

> 只见四名衙役将龙头铡抬至堂上,安放周正。王朝上前抖开黄龙套,露出金煌煌、光闪闪、惊心落魄的新刑。恶贼一见,胆裂魂飞,才待开言,只见马汉早将他丢翻在地。四名衙役过来,与他口内衔了木嚼,剥去衣服,将芦席铺放(恶贼哪里还能挣扎),立刻卷起,用草绳束了三道。张龙、赵虎二人将他抬起,走至铡前,放入铡口,两头平均。此时马汉、王朝黑面向里,左手执定刀靶,右手按定刀背,直瞅座上。包公将袍袖一拂,虎项一扭,口说"行刑"二字。王朝将彪躯一纵,两膀用力,只听咔嚓一声,将恶贼登时腰斩,分为两头一边齐的两段。

将铡刀描述为执行腰斩死刑的刑具,而且描写如此仔细:

为了防止罪犯喊出什么犯上作乱的口号,在罪犯的嘴里塞了“木嚼”;为了防止罪犯扭动挣扎,也为了防止鲜血飞溅,使用“芦席”将罪犯卷成一个芦席筒,还用草绳捆上三道。看来《三侠五义》的作者是亲眼看到过这样的行刑场面。可是,清代法律来自于明代,除了曾对一些重大罪名恢复枭首刑、戮尸刑外,法定死刑仍然只有斩首和绞刑,以及部分罪名适用的凌迟,而这三种法定死刑执行的刑具也从来没有规定为铡刀。因此,铡刀肯定是“刑外之刑,法外之法”,是一种非法的刑具。

那么,非法的刑具为何成了《三侠五义》的主角?这很大程度上是由于这个说书底本流传的历史背景。《三侠五义》正式成书并出版已是19世纪末,最早的版本是光绪五年(1879年)。说书艺人石玉昆生活于晚清“乱世”。太平天国起义极大地动摇了清朝的统治。清廷于1853年开始实行对盗贼等重大犯罪“就地正法”的制度,放弃原来全国各地所有死刑案件必须经过朝廷复审的规定,允许地方督抚直接向下属下达“就地正法”的命令。基层地方政府审理此类案件,也不必将被告、证人等“解审”(解送上级复审),可以书面上报督抚,得到批准后就在本地执行死刑。在一些治安差的地方,滥用死刑的情况更为严重。那么,可以想见,有些地方没有熟练的刽子手,为了方便执行死刑,很可能会用铡刀来代替行刑。说书艺人见到这样的情形并将之编入包公故事,也就在情理之中了。

21. 铡不了的陈世美——《秦香莲》

知名度最高的剧目

要问现代普通民众最熟悉的古代戏曲人物，秦香莲、陈世美这对夫妻冤家，以及裁判案件的包公（包拯），肯定是“知名度”最高的角色了。事实上，绝大多数观众正是从这个戏曲故事形成对于古代法官与法律的印象。

讲述这个故事的剧目就是《秦香莲》，也叫《铡美案》，是当代传统戏曲中最为流行的剧目之一。除了京剧，汉剧、徽剧、楚剧、滇剧、豫剧、评剧、同州梆子、秦腔、晋剧、河北梆子、淮调、湘剧均有此剧目；此外，粤剧有《琵琶词》，弋腔有《琵琶宴》，川剧有《陈世美不认前妻》。

所有的剧种里，故事情节大同小异，都是说陈世美为考取功名，于乡间日夜苦读，并得到爱妻秦香莲悉心照料。两人有一子一女，家庭和睦。后来陈世美赴京应试，高中状元后又被招为驸马。秦香莲多年无丈夫音信，带了一对子女上京访求。陈世美无情拒绝认妻，并为免除后患，派出家将韩琪追杀秦香莲母子。韩琪宁愿自刎，不愿滥杀无辜。秦香莲到开封府告状，包公被秦香莲感动，毅然将陈世美判刑处死。

这个剧目高潮不断，颇能吸引观众，但是如果从法律史的角度来考察，这个剧目在基本情节方面却是漏洞百出。

陈世美的“原罪”

陈世美的罪状，按照秦香莲的状词是这样：“（状）上写着秦香莲三十二岁，状告当朝驸马郎。他欺君王瞒皇上，悔婚男儿招东床；他杀妻灭嗣良心丧，他逼死韩琪在庙堂。将状纸押至在爷的大堂上。”

陈世美的“原罪”是抛妻再娶，犯下重婚罪。实际上，在古代的法律中，这只是个很轻的罪名。按照故事发生的时代（宋朝）的法律，“诸有妻更娶妻者，徒一年”；“若欺妄而娶者，徒一年半；女家不坐。各离之”。而在这个故事流行的明清时代，法律规定，“若有妻更娶妻者，亦杖九十，（后娶之妻）离异（归宗）”。

可见,像陈世美这样已经有了妻室又另外再娶妻的,法律的原则是保护前婚的合法性与稳定性,否认后婚的合法性,后婚要强制离婚。在宋代,男方应该处以徒刑一年;如果重婚是因为男方故意"欺妄"的,要加重处罚,判处徒刑一年半。在明清时代,男方只是处杖九十的刑罚;女方如果知情的,同样受罚,撤销后婚,女方回到娘家居住。

因此,真有剧目中这样的事情,陈世美所犯的不过是个徒罪、杖罪。另外,按照古代的法律,官僚士大夫还享有种种特权。在故事发生的宋代,陈世美可以通过"官当"——拿自己的官品去抵当掉这个徒罪。在明清时期,士大夫官僚又具有不受体罚的特权,即"例难的决"(习惯上难以按照判决执行),只需要出钱赎罪就可以了。若是杖罪,只要出个几两银子就行。

"欺君之罪"

不过,如果陈世美真是被招为驸马的,那么便是向太后、皇帝隐瞒了自己已有妻室的事实,这就同时触犯了"欺君之罪",此罪名要严重些,但也并非重罪。

在唐宋的法律里,这是向皇帝报告时"诈不以实",要判两年徒刑。在明代的法律里,这项罪名更为严重,"凡对制及奏事上书诈不以实者,杖一百徒三年”,即徒刑三年,附加杖一百的体罚——还是够不上一个死罪。

由于陈世美实际上并没有什么严重的罪名可套,这便成了剧作者要将戏剧情节推向高潮的巨大障碍,所以,剧作者需要将陈世美进一步“抹黑”,弄一个更大的罪名。

遣人谋杀的罪名问题

这个设计来克服障碍的情节,就是陈世美派遣自己的家将韩琪去杀害秦香莲母子。只不过非常遗憾,实际上这个情节在当时的社会环境里也是不合理的。

按照故事发生时(宋代)的法律,买凶杀人的,按照谋杀罪处罚,只要起意并派遣了凶手,就要判处徒三年;因此导致受害人受伤的,主谋者要判处绞刑;导致受害人死亡的,要判处斩首。在这个故事里,预定的受害人是陈世美的原配妻子。在唐宋法律里,丈夫殴伤妻子,“减凡人二等”;打死的,“以凡人论”(和普通人一样处理)。然而,韩琪接受派遣后,被秦香莲的哭诉打动,自行了断,并没有让秦香莲母子三人身体受到任何伤害。那么,陈世美起意并派遣凶手杀人的罪名,最高处罚只是徒刑三年。在明清法律里,也是如此。指使杀人和谋杀罪同样处置,没有死亡后果发生,则没有死罪。

至于陈世美逼迫韩琪致其自杀,在明清法律里只能套一个“威逼人致死”的罪名。按照明清条例,“凡因事威逼人致死一家二命,及非一家但至三命以上者,发近边充军;若一家三命以上,发边远充军。仍依律各追给埋葬银两”。“威逼”导致受害人一家有两人,或者威逼致人自杀的死者达到三人以上的,威逼者不过被判一个充军的罪名,仍然没有死罪。

就情节本身的设计来说,也存在很大的漏洞,法官包公对于韩琪自杀缘由的判断,完全来自秦香莲的证词,以及那把自杀的刀。可是那把自杀的刀,只能证明这是陈世美府上的刀,从而证明韩琪是陈府的人,但是完全没有办法证明韩琪是受陈世美的威逼才自杀的。假如是秦香莲自卫杀死韩琪后再说谎栽赃呢?

陈世美身份的特权问题

为了达到剧作者心目中“伸张正义”的目的,还有一个需要克服的障碍,这也是戏剧精心构筑的一个高潮:陈世美的特权身份。

按照唐宋时期的法律,陈世美这样的驸马身份,已经达到了享受“八议”特权的地步。作为皇帝的女婿或姐妹夫,是皇帝姻亲,属于缌麻亲属,享受八议里的“议亲”。“诸八议者,犯死罪,皆条所坐及应议之状,先奏请议,议定奏裁”,即享受八议者犯有死罪的,必须要向皇帝报告,由皇帝下旨,会集朝廷最重要的大臣,进行慎重讨论,拿出裁决的方案,再向皇帝报告,由皇帝最后决定。如果触犯的是流罪以下的罪名,就直接减一等处罚。

明清时的法律设定的保护更为严格,“凡八议者犯罪,(开具所犯事情)实封奏闻取旨,不许擅自勾问。若奉旨推问者,开具所犯(罪名)及应议之状,先奏请议。议定(将议过缘由)奏闻,取自上裁”。享受八议者,任何罪名的案件都必须上报给皇帝,由皇帝决定是否需要交付司法部门处理。如果皇帝下旨交付司法部门,司法部门审理后要将卷宗全部上奏皇帝,请皇帝交付朝廷大臣讨论裁断方案,再上报皇帝,由其最终决定。

在《秦香莲》这出戏剧里,此过程完全缺失。只有秦香莲到开封府告状,包公自行判断,即使太后赶来,包公还是直接宣布了自己的判决。

没有事实依据的定案

《秦香莲》这出剧目另一个无视古代法律的特点,表现在剧中有关包公审案、断案的过程完全不符合古代法律规定的程序。

中国古代法律规定,任何判决必须要确定事实,事实的证明应该是物证、人证,民间俗谚所谓“杀人见伤、捉贼见赃、捉奸捉双”。至于认定事实,最重要的是必须有被告承认罪状的口供。

在《秦香莲》的现代演出本里,陈世美根本就没有承认过罪状。在开封府大堂上,陈世美觉得情况不妙,“三十六计走为高,不辞明公忙搭轿”,一没有招供,二没有认罪。可是,包公已下令“头上打去乌纱帽”,“身上再脱他蟒龙袍”,“来人捆绑陈世美,铡了这负义的人再奏当朝”。于是,没等到国太前来阻挡,陈世美就已经要被包公的铡刀“喀嚓”了。

而且,在前面一段台词里,包公完全是看面相来认定本案的事实所在:

> 包龙图打坐在开封府,尊一声驸马爷细听端的:曾记得端午日朝贺天子,在朝房与驸马相过了面皮。我相你左眉长来右眉短,左膀高来你的右膀低。眉长眉短有儿女,膀高膀低你定有前妻。我劝你相认是正理,祸到临头后悔迟。

这实际上源于原有京剧剧目《秦香莲》的连台本戏那段

折子戏《柳林池》:"明公与千岁相过面皮。他相他左眉长来右眉短,左膀高来右膀低。眉长眉短有儿女,膀高膀低有前妻。千岁言说家无有,他二人打赌一百日。百日有人找京里,千岁铜铡输首级;百日无人来京里,包明公输去大印息。"因此,包公铡陈世美,不是因为审判定案,而是因为他们之前的生死赌局。这样的情节,从某种意义上来说,倒还比现代演出本更具合理性。

"停妻再娶"的原判

从现在可以查到的文字资料来看,秦香莲故事最早形成文字及完整情节的,是在明代小说《包龙图判百家公案》。

这部小说的第二十四回"判停妻再娶充军",就是陈世美故事里他停妻再娶之"原罪"的来由。只是小说的主人公不叫陈世美,而是叫崔君瑞。崔君瑞在金华县知县任满后回京途中,遭遇强盗抢劫,身无分文,只好把妻子郑月娘寄托于东京万花桥王婆店。后来崔君瑞不思发妻,跟尚书苏舜臣的女儿苏小姐成婚。六个月后,苏家奴仆王汴在王婆店巧遇月娘,带回苏府。崔君瑞不仅不认前妻,还说前妻郑月娘是家里逃走的婢女,要解送萧山县。他还嘱托王汴,在途中暗害郑月娘。而王汴又受苏小姐嘱咐,放走了郑月娘,让其回乡。郑月娘在广平驿站向过往的官员申诉,巧遇兄长郑廷玉。于是兄妹一起到包公处告状。

小说描写包公一见崔君瑞,“喝令赵虎把君瑞捆打四十,用长枷枷起”。崔君瑞连声讨饶。于是包公怒骂:“匹夫无知,枉为司牧!能断他人,全不思自己,玷辱朝廷,贻耻官帽。贪污苟且,是何道理?且停妻再娶,罪该充军。”崔君瑞“低首无对”,老实认罪。于是包公“申奏朝廷,拟崔君瑞通州充军”,当日又将崔君瑞拷打一番,给郑月娘出气。然而,接下来的判决却是:“郑月娘、苏乔英仍与君瑞相配。”至于崔君瑞派遣家人谋害郑月娘的罪行,就完全不予追究了。

跟《秦香莲》相比,这个判决比较符合明朝的法律。“充军”在明朝原本是一种对服刑后罪犯的加重处理——让罪犯当兵应付差使——后来逐渐被当作刑罚措施。充军通州,是属于“附近充军”,处罚力度并不算大。可是判决两个婚姻关系全部保留,就完全不合乎法律保护前婚、废除后婚的规定了。这样糊涂的判决,作者依然歌颂:“自包公判君瑞之后,哪个敢停妻再娶?”

“杀妻灭子”的原判

在《包龙图判百家公案》的第二十六回“秦氏还魂配世

美”,突出的则是“杀妻灭子”。

小说故事说的是钧州秀才陈世美娶妻秦氏,生子名瑛哥,生女名东妹。后来陈世美“一举登科,状元及第”,成为“翰林修撰”,“久贪爵禄,不念妻子”。但是小说没有说明陈世美是否“再娶”,更没有说陈世美被招了驸马,似乎陈世美习惯于当一个快乐的单身汉。秦氏携子女赴京,以弹唱身份潜入陈府,被陈世美棒打一番,赶出府门。秦氏无奈,只好回乡。陈世美又派了“骠骑将军赵伯纯”赶到白虎山下,杀死秦氏,但没有能够按照要求带回一双子女。好在“中元三官菩萨”为秦氏的“贞烈”而感动,要白虎山土地判官看管秦氏尸首,不可损坏,又搭救了瑛哥、东妹一对兄妹,教他们武艺。后来因为出现“海贼”,朝廷出榜招纳武士,瑛哥、东妹拜辞师父,去征讨“海贼”并立下战功。于是“圣旨降下,封瑛哥为中军都督,封东妹为右军先锋夫人,封母秦氏为镇国老夫人,封父陈世美为镇国公”。随后,菩萨使秦氏复活。

可秦氏复仇心切,母子三人到包公衙门里告状。包公审理后向皇帝报告:“翰林陈世美,苟贪爵禄,欺君罔上。谋杀秦氏,忘夫妇之纲常;不认儿女,失父子之大伦。”由是,包公请求皇帝处罪。皇帝遂下达圣旨:“陈世美逆天盗臣,欺罔圣君,断夫妇之情,灭父子之恩,免死发配充军。”包公根据皇帝旨意,判决陈世美配辽东军,赵伯纯配云南军。按照明代的制度,这两地都算是“边卫”,处罚力度比正式刑罚里仅次于死刑的“流三千里”还要重。至于陈世美和秦氏的婚姻,正如该回目所言“还魂配世美”,这对冤家还是法定的夫妻。小说作者总结道:从此“世间岂敢忘恩背义,自包公案卷为证”。

和近代戏曲《秦香莲》相比,小说的原作相当注意故事结局的合法性。包公的判决是在皇帝的直接指示下做出的。尽管陈世美派出的凶手已经杀死了秦氏,陈世美构成了谋杀发妻的首犯,赵伯纯为从犯,但秦香莲后来复活,便消除了死亡的后果,因此包公建议的刑罚仍然只是充军,不能上升为死刑。

近代社会的产物

那么,完全不符合传统法律原则的秦香莲故事,为何会在民间如此流行?这是一个传播学上的有趣案例。

在古代“天高皇帝远”的生活环境里,民间百姓熟悉的也只是自上而下的政治模式,自然只能把改变现状的希望寄托在高高在上的皇帝那里。这种对于持“尚方宝剑”“龙虎狗”大铡刀前来诛杀贪官污吏的皇帝特使的渴望,是长久存在于基层的政治理想。当得到戏剧形象的支持,这种渴望也就越发强烈，更会进一步推动这类作品的出现。这使得此类故事在民间的评话、戏曲里长久流传。当清末商业城市迅猛发展，新的市民文化就使得这些民间的“俗文学”作品迅速俘获了广大观众，一举占据读者市场。

秦香莲的故事形成戏剧已是到了晚清时期，距今不过一个半世纪。这已经是在传统法制受到强烈抨击而分崩离析的时代。《秦香莲》最早成文的剧本，目前公认是梆子戏《明公断》，而梆子戏本身是在清乾隆年间形成的比较完整的板腔体戏曲形式。一百多年前的晚清同光年间，《明公断》由蒲州梆子名旦、河南人杨雨春演红，并开始留下文字剧本。现在一般各剧种演出的剧本则是 1953 年由中国戏曲研究院编定的。因此，在这个剧目最后文本形成时，作者已经不太了解古代法律的一些基本原则和规定，而是大胆地将近代西方传入的“法律面前人人平等”的观念掺杂到故事之中。于 20 世纪晚期形成的淮剧《女审》，甚至索性由秦香莲亲自审陈世美并亲手铡死陈世美，以让观众大快人心。这反映的是 20 世纪的社会观念，因此它是“近代历史剧”，里面讲的故事已经和古代法律及古代社会没有什么关系，不能再被视为了解历史的线索。

22. 于史无据的“大义灭亲”——《铡包勉》

铁面无私铡亲侄

《铡包勉》是现在很多传统剧种都有的包公戏剧目。京剧还有1951年由谭富英、裘盛戎改编的剧目，名为《铁面无私清官谱》。

该剧的故事，是说包拯奉旨往陈州放粮，丞相王延龄、太监陈琳与司马赵斌同至长亭饯行。包拯的侄儿包勉也来为包拯送行。包拯自小因样貌丑陋被父亲驱逐，由嫂子吴妙贞哺乳，故与嫂子有母子之情，与包勉有兄弟之亲。送行会上，包勉私下告诉赵斌，自己充当县令受贿十万两银子，已经被革职。赵斌故意当众告诉包拯，包拯打算判处包勉死刑。王延龄、陈琳替包勉求情，赵斌则冷语讥包拯。包拯大怒，当场下令铡死包勉,并令王朝前往合肥下书,告知嫂娘吴妙贞。

一般该剧目后接演《赤桑镇》。包拯铡包勉后,王朝赶到合肥下书。吴妙贞见了书信,非常气愤,赶往赤桑镇驿馆,拦截包拯,大骂包拯负义无情。包拯晓之以理,动之以情,声泪俱下,劝说嫂娘,并许诺给吴妙贞养老送终。吴妙贞深明大义,最后叔嫂和好如初。吴妙贞亲自为包拯把盏,嘱咐包拯为百姓要公而忘私。《赤桑镇》故事也有其他剧种的剧目,比如吉剧有《包公赔情》,故事如出一辙。

和很多包公戏一样,《铡包勉》也是经不起从法律史角度仔细推敲的。

包勉贪赃十万两的罪名

我们首先来看一下包勉的罪名。剧中包勉这样自我介绍:“下官包勉,曾为越州萧山知县。未到一年贪了十万两银子,被人参奏,因此弃官逃走,回到家中。”而在长亭上,他对赵斌是这样介绍他的为官审判之道:

> 包勉:“若有打官司的前来,我就在大堂之上放两个竹筒,叫打官司的往里丢!”赵斌:“丢什么?”包勉:“丢银子。”赵斌:“噢!丢银子,那被告丢满了呢?”包勉:“被告就赢了。”赵斌:“原告丢满了呢?”包勉:“原告就赢了。”

赵斌:“两家都丢满了呢?”包勉:“这有何难,我在花亭之上备上一桌酒席,将师爷请出,与他们两家说合说合也就是了。”赵斌:“这银子叫他们拿回去?”包勉:“这银子就是我的了。”赵斌:“这一任知县未满,你赚银多少?”包勉:“一任未满我赚银十万。”

打官司的时候这样公开受贿,当然只是一种艺术夸张,在现实生活中是不可能出现的。但是,接受诉讼当事人钱财并因此而违法裁判,在古代确实是一项重罪罪名。秦汉就有专门的“受赇枉法”的死罪。到了唐代,称为“受财枉法”罪名。唐代法典规定,“一尺杖一百,一匹加一等,十五匹绞”。唐代以绢帛为法定货币之一,凡是计值标准一律以绢帛尺寸来衡量。因此,依照唐律,收受贿赂价值满一尺绢帛的,就要打一百下屁股;赃满十五匹绢帛以上,就要绞死。这是唐代法律中计赃为罪的罪名中处刑最重者之一,仅次于强盗赃(赃满十匹以上处斩首刑)。明清时期的法律规定与唐宋时期差不多,受财枉法罪,按照犯罪主体身份分为“有禄人”(月支俸粮一石以上的官吏)、“无禄人”(月支俸粮不满一石的吏员)两大类。前者赃一两以下杖七十,一两至五两杖八十,以上递加,至赃满八十两处绞;后者赃满一百二十两处绞。受财枉法罪不仅是可以判处死罪的重罪,而且古代的法律还规定,凡是触犯此项罪名的官员，都不得利用官员免刑减刑的特权，还要“除名”，不能再担任官职。

因此，从法律上讲，包勉确实是犯下了死罪。十万两银子的受贿数额，足够判他死刑了。只不过这个死刑是在古代被视为比较轻的“绞”（用短棍逐渐绞紧套在罪犯脖颈上的绳圈，使之窒息毙命），罪犯留有一个“全尸”，还算是没有“身首异处”，不影响到阴间见祖宗。

包拯能否审判包勉

包勉犯下了死罪，可是包拯能够审判他吗？

首先，在《铡包勉》这个戏里，包拯是奉皇帝命令前往陈州赈灾放粮，并没有被授予司法审判的权力，怎么可以在送行的长亭上进行审判？甚至还要立刻摆上铡刀来行刑？这样的情节明显缺乏基本的史实依据。

中国古代政治体制的一个基本原则，就是只有皇帝才是全权和全能的统治者，立法、行政、司法、监察、军事指挥等诸多权力都汇集于皇帝之手。皇帝以下的各级官员都必须按照职务分工，执行皇帝授予的某项职权。和平时期，像《铡包勉》这个戏里的包拯那样，想要审人就审人，想要判刑就判刑，唯独皇帝才有这样的权力。只有在战争时期，手握战区指挥权的官员,才可以“先斩后奏”,直接判处罪犯死刑,但是仍然不允许直接处死像包勉这样有官员身份的人。所以,假如在长亭之上,发现包勉这样潜逃漏网的贪赃枉法官员,赵斌最多只能要求包拯立即向皇帝报告,将包勉逮捕,送交司法部门去审理而已。

另外,即便包拯正是具有司法职权的长官,按照中国古代法律的规定,也绝对不能参与审理包勉的案件。从目前我们掌握的史料来看,至少在唐代,《狱官令》就已经明文规定审判官员有回避的义务,但凡案件当事人与审判官员之间属于五服以内的亲属关系(同高祖五代以内直系或旁系父系血亲),或者有三代以内的姻亲关系,都必须要回避。回避的范围还包括曾经有过师生关系、曾经有过上下级关系或者是有“仇嫌”(有过怨仇嫌疑)关系等。明清律则专有“听讼回避”条文,规定凡官吏与诉讼当事人中属五服内亲属及姻亲的,或是曾有师生、上下级关系以及属于“素有仇隙之人”,也都要回避。有违反者,无论裁判结果,一律处以笞四十(打四十下屁股)的刑罚。而如果确实因此有加重或减轻罪名情节的,就要按照“故出入人罪”来进行处理,反坐所出入的罪名。因此,可以说在中国古代法律里,已经注意到“大义灭亲”主要是一种道德自律的规范,并不能作为制度设计。

那么,《铡包勉》所讲述的故事里,包勉是包拯的亲侄子,按照五服关系,是属于近亲的“大功亲”,必须要回避,因此,包拯显然不能够审判包勉。

小说里的包公与子弟

《铡包勉》的故事编定时间相当晚,晚清说书艺人石玉昆说书底本《三侠五义》中根本就没有这个人物以及类似的情节。而在第一本完整的包公破案断案故事集《包龙图判百家公案》的第八十二回“劾儿子为官之虐”,则有一个相近的故事。

这个故事是说包公担任直谏大夫时,他的儿子包秀年仅十六岁就被皇帝指令担任扬州天长县知县。三年任满,包秀回乡探望父亲,包公满心高兴,亲自迎接。他见儿子的行李有好几担,打开担子包裹一看,“金宝无数”。包公顿生怀疑,立刻逐一检查核算价值,发现在包秀三年的俸禄之外,还有一千贯“余钱”。

包公大怒,立刻启奏皇帝,说自己的儿子包秀为天长县知县,任满后检点行李物色,除去俸禄,还余钱一千贯,显然是“贪财虐民”。因此,他向朝廷弹劾自己的儿子包秀,并且弹劾自己教子无方。皇帝看了奏章后批示,说包公能够不隐瞒儿子的罪行,“可谓刚直”。按照古代法律,父子之间可以互相隐瞒罪行,如果像包公这样揭发儿子的,就算是儿子有自首情节了,而自首是可以减免罪行的。因此,皇帝宣布对包秀依旧授予官职,“令其改过自新”。

包公又上奏,说自己担任的就是“直谏之职”,揭发是职责所在。儿子有罪过,就是父亲之罪。对我的儿子处以罢官就已经是侥幸了,怎么还可以再给他官职呢?而我自己也应该被贬官,不适合再担任直谏大夫,请赐我其他官职,让我有报答朝廷、弥补过失的机会。皇帝这才如其所奏,将包秀革职,包公转任定州太守。小说在这个故事开头就感叹:“家法尤严王法重,忍叫其子虐良民?”

这个故事于史无据。包公确实有一个儿子包繶,曾出任潭州通判,可是还没有能够给包公生育一个孙子就染病身亡。时年五十三岁的包公悲痛不已,请求朝廷转派自己担任靠近家乡的地方官职。朝廷特意先派他知扬州,接着就派他回到家乡庐州,一年多以后转知池州、知江宁府,这些地方都离他老家不远。然后,朝廷再调他回京城,知开封府。当然包公也不至于断子绝孙,他早年曾将自己的一个小妾赶出家门,可这小妾回到娘家后生下一个儿子。包公的儿媳、包繶的妻子崔氏暗中布置,抚养这个孩子。后来在包公妻子的主持下,这个孩子得以“归宗”，回到包家，取名包綖。这大概就是有关包公的传奇作品中所谓包公自小被嫂子收养这个故事的源头了。

不过，《包龙图判百家公案》这个于史无据的故事还是基本符合古代法律一般规定。任何官员都必须由皇帝亲自决定处罚方式，再大的官员对此也只有建议的权力。赋予监察官职责就是弹劾，向皇帝提出处罚的方式，绝无直接处置的权力，即便处罚对象如包秀那样是监察官自己的儿子。

丛林时代的产物

《铡包勉》这样情节设置明显与古代法律不合的剧目，说明其创作时间并不久远，作者以及观众已经不太了解古代的法律以及司法制度究竟是怎么运转的。

事实也确实是这样，如今还在演出的包公剧目，大多是清代末年才开始流行，基本是从民间口头创作的梆子戏系统发展出来。故事的底本一般也取材自民间口头创作，多为口口流行的传奇，很少能够在历史书籍、演义小说中找到记载。所以，完全有可能是到了 20 世纪初叶的清末民初，包公铡包勉的故事才开始成型。

因此，这类剧目中的故事和人物，与其说是“历史”或“传统”,倒不如说是20世纪初这一特定时期民间百姓所希冀或盼望的“愿景”。

那么这一特定时代发生了什么?稍有近代史知识的读者都知道那是一个什么时代。传统的朝廷权威荡然无存,有威信的近代化政府则尚未出现。社会上最有势力的,是掌握枪杆子的军阀集团。可以说,这是一个大规模的“丛林时代”。

这也是一个对于法律制度普遍失去信心的时代。传统的法制已经土崩瓦解,而清末及民国政府匆忙引进并公布的一些西方的法律,基本上还只是一种“书面法律”,既不被百姓所理解,更不被百姓所信任。尤其是在民国初年,军阀混战往往是打着“法统”的旗号,结果是让全社会普遍对舶来的近代法治丧失信心。

于是,丛林时代的法则发生作用:直接的暴力锄奸更被百姓推崇。百姓希望看到一切罪恶都以直接的暴力方式消灭,不再需要起码的程序,也不需要依据哪怕是一条明确的法律,只待包公叫一声“铜铡搭定”就行。

丛林时代就如同中国民众熟悉的水浒山寨一样,民众盼望的是出现一个具有全权、不受任何制约的权势者来“替天行道”、伸张正义。因此,这一时代出现的包公形象和以往的传统戏曲、小说中那个能够通阴阳两界的大侦探不同,故事情节的主题也不再是疑案的侦破,而是包公与权贵之间的冲突。包公铡刀的目标不再是一般的罪犯,而是指向了权豪。再说得明白些,实际上观众们赋予包拯的,是一个他们心目中的好皇帝的形象,只是因为已经到了民国时代,社会舆论上已经不再能够直接接受好皇帝统治而已。

由于 1949 年后演出的传统戏剧剧目被进行了大规模的整理,很多涉及迷信鬼怪或者是被认为宣扬“封建道德”的包公戏剧目被封存,不再上演,而主持正义、对抗权贵的包公戏则在修改后继续上演并流传。于是惯用铡刀来实现正义的包公得以逐渐成为整整几代人所熟悉的艺术形象,而这些包公戏里完全于史无据的情节,也被当成中国传统法律文化的象征。说起来,这本身恰恰又是一种值得大加分析的法文化现象。

23. 亲情至上的名剧——《四郎探母》

有争议的名剧

京剧《四郎探母》是一出名剧。尽管1949年以后这个戏被禁演了很多年，但是故事仍然在民间流传；当其重上舞台后，常演常盛。

这个剧目的情节非常简单，仅仅讲述了一个昼夜里发生的事情，是杨家将系列传奇中一个小小的插曲。故事说的是杨家将门八子中的杨四郎杨延辉在金沙滩大战中被辽军俘虏，隐姓埋名，自称“木易”。后来他被辽朝的萧太后看中，配给了铁镜公主，成为辽国驸马。转眼十五年过去了，辽国统帅萧天佐大摆天门阵，打算与宋朝决战。宋朝也派遣大兵，准备开战。杨家将的杨六郎为统兵元帅，老母亲佘太君押解军粮来到宋朝大营。杨延辉在辽营思念母亲,为能见母亲一面,向铁镜公主说明实情。铁镜公主设计从萧太后那里盗取令箭,帮助杨延辉出关,潜回宋营。杨家母子兄弟相会,彼此一诉衷肠。五更时到,杨延辉复回辽营时被抓。萧太后亲自审问,杨延辉说出实情。萧太后下令将杨延辉处斩,铁镜公主代为求情,方得以免死。

这个剧目在 1949 年后多次引起争议的原因,是杨延辉入赘为敌国驸马的定性问题。剧中杨延辉的唱词:“都只为宋王爷五台山还愿,我弟兄八员将,赴会在沙滩。我大哥替宋王长枪命丧,我二哥短剑下命丧黄泉。我三哥被马踏尸骨泥烂。”八兄弟在这一仗中死了三个,更不要说父亲杨老令公也是死于与辽朝的战事,这样的“国恨家仇”,在这个戏里却很少谈及。杨延辉在自己身为辽朝驸马,势必要投入与宋军的战事之时,“闻听老娘,押粮来到雁门关口,是我有心,回营见母一面,怎奈关口阻隔,插翅不能飞过。思想起来,好不伤感人也!”只有思母的伤感,没有战争的焦虑。而他见了母亲佘太君,母亲首先询问的也是家常:“我的儿失落番邦外,为娘每日挂心怀。夫妻恩爱不恩爱?公主贤才不贤才?眼望番邦深深拜,贤德媳妇不能来。”只有在杨延辉表示要动身回辽营的时候,佘太君才想起劝说杨延辉留下效忠宋朝,“儿啊!岂不知天伦为大,忠孝当先”。杨延辉的回答也很简单:“哎呀母亲!孩儿岂不知天伦为大,忠孝当先。此时若是不回去,你那贤德的儿媳,与那小孙子,就要受那一刀之苦。”于是佘太君立即放弃,“我哭一声,延辉我的儿啊!”兄弟姐妹们哀号一场,杨延辉就义无反顾地回辽营去了。

唯有一死的法律要求

那么杨延辉被俘并被招赘为敌国驸马,在古代究竟属于什么样的行为?

现在可以看到的古代法律文本里,对此有明文的规定,那就是将士上了战场,唯有一死,不得投降。投降者不仅自己的行为是严重犯罪,还要连累家人一起受罚。

在湖北云梦睡虎地秦墓出土的竹简中,有一条是秦国的法律:“战死事不出,论其后。有(又)后察不死,夺后爵,除伍人;不死者归,以为隶臣。”意思是战场上的失踪人员被认为是战死了的,要将他的战功奖赏他的“后”(作为继承人的嫡长子),按照战功给“后”授予爵位。可是如果后来发现那个失踪的人并没有战死,而是被对方俘虏的,就要褫夺原来授予他的“后”的爵位,将“后”安排为应彼此承担连坐罪名的“伍人”。至于那个没有死的失踪者回到家乡,就要将他罚做官府的奴隶。

很有意思的是,同样见于睡虎地秦墓竹简的另一条秦国法律,有相当符合逻辑的规定:“寇降,以为隶臣。”意思是,在战场上放下武器投降的敌军将士,也同样罚做官府的奴隶。

汉朝的法律比秦国法律还要严厉。据湖北张家山汉墓出土的竹简,西汉初年的法律规定将投降的将士视同“谋反”罪,要处以同样极其残酷的刑罚:“皆腰斩,其父母、妻子、同产,无少长皆弃市。”不仅本人要处腰斩,还要将其父母、妻子和子女、兄弟姐妹全部处死。

从史书记载来看,汉朝确实实施过这样严酷的法律。比如汉朝最著名的李陵案件:李陵是飞将军李广的长孙,汉武帝天汉二年(公元前99年),李陵率领五千步兵出征,被匈奴大军包围,激战八天,全军覆没。汉武帝希望李陵能够英勇战死,便找来李陵的母亲和妻子,可相面的报告说在她们脸上并没有“死丧色”。不久传来消息,说李陵投降了匈奴。汉武帝大怒。朝议时,所有的大臣都指责李陵,只有太史令司马迁为李陵辩护,说李陵之所以不战死,是打算寻找机会报答汉朝。汉武帝不愿听,将司马迁处以宫刑。过了一年多,汉朝将军公孙敖率军深入匈奴,没有什么战果,回来报告说是据俘虏的口供,李陵在教匈奴兵法。汉武帝于是下令将李陵全家“族诛”——他的母亲、妻子以及所有的孩子、兄弟全部被处死。从张家山汉墓出土竹简上的汉律来看,汉武帝对于李陵家属的处置还是合乎当时法律的。从此,李陵一直在匈奴生活,还被匈奴封为“右校王”。

在三国两晋南北朝“乱世”时期,尽管各个小朝廷以及地方割据势力都想方设法“招降纳叛”,却又都严厉禁止自己营垒的将士有投降行为。最典型的如南梁法律规定,投降者“皆斩”,父子兄弟全部处死,母亲、妻子、姐妹以及所有被处死者的妻子、子女全部都入官府充当奴婢。北齐的法律里明文开列绝对不得赦免的“重罪十条”,“降”列为第三重罪。

总之,如果是在秦汉时代,杨四郎不仅自己要被处死,他的母亲佘太君、弟弟杨六郎绝无可能继续在宋军中挂帅,而是早就在他被辽朝招婿的消息传回国内之时便身首异处了。

“武死战”的典型榜样

大概由于实践证明严惩投降的法律不可能阻止“招降纳叛”的潮流,隋唐时代的法律不再将战败被俘的投降列为重罪,也没有把“降”列入“十恶不赦”的大罪,而是将主动投敌列入十恶大罪之三的“谋叛”行为。以后历代法律沿袭,不再明确将“降”列入法典,也不再将“降”作为法有明文的重罪,一般采用制定单行法规，或者是要根据情况灵活掌握处罚力度的办法来严禁官兵战场上被俘后投降。

唐宋以后经常采用的是树立榜样来激励将士。而杨四郎的父亲“杨老令公”杨业正是历史上最著名的典型榜样。作为历史人物，杨业真有其人。他原来是五代十国分裂时期割据今山西北部的“北汉”政权的名将，号称“无敌”。后来宋太宗时期，北汉投降北宋，杨业也随之成为北宋将领，继续镇守北方边境。雍熙三年(986年)杨业与潘美等将领受命掩护边境汉族居民内迁，辽军追击前来。宋军先胜后败，潘美等率军先撤，杨业率军苦战，因没有后援而失败，杨业受伤被俘。据说杨业感叹宋太宗对他的厚爱，一直期望能够打败辽军，以报朝廷之恩，不料因为被“奸臣”嫉妒，迫使他冒险出兵，不幸被困，导致全军败局，“何面目求活于虏中”。于是，他“不食三日而死”。而在《辽史》的记载中，辽国将领耶律斜轸俘虏杨业后，责备杨业说：“你和我军打了三十多年仗，今日有何面目相见！”杨业口称“死罪死罪”，三天后伤重而亡。

不管杨业是被俘后自杀还是伤重而亡，反正他死后不久，北宋朝廷就开始有意识地树立这个典型。宋太宗专门下诏书表彰杨业，宣布追赠杨业为“太尉、大同军节度使”，赐杨家“布帛千匹、粟千石”，并提拔杨业的儿子杨延昭。大将军潘美则官降三级,监军王侁被除名。

两宋对外战争败多胜少,朝廷和社会大众迫切需要一种传奇来鼓舞士气,杨业的事迹由此开始走向传奇化,成为民间流行故事。宋元时已有杨家将故事的说唱及杂剧,明代出现了杨家将的系列演义小说《北宋志传》及《杨家府演义》等,杨四郎被俘、改名木易被辽朝招为驸马的故事开始形成。不过,当时并没有"四郎探母"这一情节,只是着意描绘杨四郎有意潜伏,与宋军联络,终于在天门阵大战时与宋军里应外合,打败辽朝。萧太后战败自杀,铁镜公主则嫁鸡随鸡,跟着杨四郎归顺宋朝。

为何成为经典?

《四郎探母》剧目形成时代并不久远,也就是在一百年前的清末民初。当时的朝廷已然威风扫地,虽然好不容易把太平天国以及后续的各地武装起义镇压下去,但是内政千疮百孔,吏治腐败透顶,外交则是不断以更大的失败来中止眼下的败局。这样的朝廷要激发人们的"耿耿忠心",实在是勉为其难,于是,在明朝中期形成的精忠报国的杨家将故事,也就需要迎合观众的心理需求来进行修改。

中国历史上每逢这样的乱世,人们只能依赖于血缘家族关系的保护，观念上的“孝”会公然取代“忠”，位列伦理的首位。《四郎探母》只讲亲情和孝心，故意忽略“效忠朝廷”，就是这样打动了那个年代观众的心灵。

在《四郎探母》剧目开始流行的民国时代，同样也是基于这样的社会心理。民国时代号称“民治”的“中央政府”常常被架空，各地军阀割据混战，彼此还都以“正统”自居，打着“恢复法统”的旗号互为“讨伐”。社会大众对所谓的“正统”与“法统”都信心尽失，更强调血缘亲情的重要意义。

戏剧研究者傅谨在《老戏的前世今生》一书中评论说，“所有艺术作品都是集体梦的表现形式”，社会大众对于戏剧故事的接受与喜爱，出自于他们的集体心理需求，是“集体无意识”，戏剧艺术作品由此而得到选择和传播。《四郎探母》之所以盛传不衰，原因也就是这种社会大众的集体诉求。“杨四郎的行为却仍然符合中华民族历史进程中普通百姓所认可的基本的伦理道德框架，而且，民众正是通过这个故事的叙述以及流传，建构起民族冲突的特定语境下对人的基本的道德要求。”在《四郎探母》里，杨四郎的“孝”超过了其他杨家将故事里主人公们的“忠”，而这个“孝”正是中华民族传统的伦理底线。“杨四郎是有道德内涵的人物，而且他所遵循的道德信念，是人们能够接受的”。

24. 施恩报恩的循环——《锁麟囊》

报恩主题的剧目

按照梁启超的说法，中国传统文化的核心价值观念就是“报恩”，一切其他的价值观念都由“报恩”发散而来。这个观点是否正确，另当别论，但从传统戏曲来看，以弘扬“报恩”为主题的剧目确实是层出不穷。

翁偶虹编剧、程砚秋先生主演的《锁麟囊》，就是这样一部以报恩为主题的名剧。这个剧目后来成为“程派”艺术的代表作之一，长演不衰。只是1949年以后，《锁麟囊》曾被官方以“宣扬缓和阶级矛盾及向地主‘报恩’的反动思想”的理由禁演，至二十世纪八十年代才重返舞台。

《锁麟囊》故事本身并不复杂，说的是登州地方有这样的习俗:闺女出嫁前,母亲要为她准备一个绣有麒麟图案的“锁麟囊”,取“早生贵子”之意。富户薛姥的女儿薛湘灵出嫁前,薛姥为她准备了精致的锁麟囊,里面还装了不少珠宝。在大喜之日前往夫家途中,遭遇大雨,花轿到路边“春秋亭”暂避。恰巧又来了一乘花轿避雨,轿中新娘赵守贞是贫士赵禄寒的女儿,由于无钱置办嫁妆,感到身世凄凉,不禁悲啼。薛湘灵要老仆问明情由后,慨然以锁麟囊相赠。雨停后两队迎新花轿各去,匆忙间没有互通姓名。六年后登州大水,薛湘灵和家人失散,只身漂流到莱州,无奈之下,在当地绅士卢胜筹家当保姆。薛湘灵进入卢府为仆,陪伴年方六岁的公子卢天麟玩耍,百感交集。卢天麟把球抛进一座小楼,逼薛湘灵上楼去找。薛湘灵上楼看见楼厅正中供奉着当年送给不知名新娘的锁麟囊,不觉感泣。卢夫人原来就是赵守贞,她见状加以盘问,才知薛湘灵就是当年赠囊之人,遂改容敬礼,与之结为姊妹,并帮助她一家团聚。

这个剧目的情节后来曾略有修改,春秋亭上赵守贞退还了锁麟囊中的珍宝,仅仅保留了空囊作为纪念。

嫁妆的法律性质

从《锁麟囊》情节来看,赵禄寒为了女儿出嫁,一直到成亲前一天还在到处借债,试图为赵守贞备一份嫁妆。“只是我家昔日也是小康之家,你如今出嫁,无有妆奁,为父心中怎能得安?唉!为父的对不起你了哇!”“我的儿性情好宽心话讲,嫁女儿无妆奁怎拜花堂。”那么,女儿出嫁,娘家必须要给一份财产作为嫁妆,这是不是法律上的要求呢?

应该说,在中国古代法律里,从来没有这样的规定。男方必须向女方提交聘礼,这是成立婚姻的要件;而女方是否需要带嫁妆到男家,法律没有任何相关规定。因此,在《锁麟囊》里,赵守贞也是这样劝说父亲:“爹爹说哪里话来!想这嫁妆之物,俱是敷衍俗人眼目的东西,难道一无所有,女儿就不登花轿了么!”

可是,早在春秋时代的贵族婚姻中,嫁妆就是重要因素。比如公元前528年,晋国委派了一个叫叔鱼的贵族代理“理官”(本国的大法官)。晋国有两家贵族,为了争夺一块良田,打了很长时间官司。其中行将败诉的雍子见叔鱼新官上任,立马把自己的女儿嫁给叔鱼;叔鱼也就回报雍子,宣判另一方当事人邢侯败诉。想不到的是,这邢侯是个火爆脾气,听了判决结果,居然在上朝的时候把叔鱼和雍子都给杀了。晋国国君晋昭公不知道怎么处理,只好向晋国最有名望的贵族叔向征询意见。叔向说:“这三人都是一样的死罪。雍子自知有错,还行贿法官;叔鱼当法官,受贿枉法裁判;邢侯公然杀人。按照远古传下的法律,三人都要处死。"晋昭公于是下令将邢侯等处死,三人的尸体被拉到市场上暴尸示众。从叔向说叔鱼有"受贿"情节来看,雍子是借着嫁女儿的机会,以嫁妆的掩护,给了叔鱼一大笔贿赂。

公元前484年,陈国的贵族辕颇被"国人"驱逐出境,起因也是为了嫁妆。原来辕颇担任陈国"司徒"(管理地政的职务)的时候,陈国国君要嫁女儿,辕颇摊派任务给所有的贵族封地,要后者出钱为国君的女儿凑嫁妆。这样做本身应该是符合当时制度的,可是辕颇却乘机多摊派了数额,除了上交给国君外,自己还贪污了一大笔钱财,为自己家族铸造了一套青铜礼器。事情传开后,辕颇引发了众怒,被赶出国门。

为什么习俗上女儿出嫁一定要有嫁妆?这仅仅以"敷衍俗人眼目"、向夫家亲属夸耀自己家族财力为由,似乎还不能完全说明其内在的原因。但是,如果转换思路,从已出嫁女儿娘家的财产继承角度来看问题的话,我们就会发现,实际上女儿出嫁时的嫁妆,就是她作为父母的财产继承人而提前实现了"家产"的继承。因为中国历代法律都将已出嫁女儿排除在父母财产第一继承人顺序之外,当父母去世后,已经出嫁的女儿是无法回娘家来参与遗产分配的。因此,她出嫁时带走的娘家一部分财产,实际上就起到了预先实现“继承”的效果。

唐朝的《户令》有关遗产分配的法条(两宋法律沿袭了这一条)明文规定,在父母去世后分配遗产时,要为未婚的女儿留下一份嫁妆的份额。当然,这份继承的份额相当少,只有给未婚儿子预留出的将来娶妻时向女家支付的“聘礼”的二分之一,但这毕竟明确了女儿作为继承人的地位。那么我们就可以合理推想,出嫁女儿之所以被排除在继承人范围之外,就是因为她已经拿过了一次嫁妆。民间谚语说“男承家产,女承衣箱”。把儿子所得“家产”与女儿所得“衣箱”(妆奁)相提并论,都称为“承”,说明民间意识上这两者性质相同,都是对父母财产的继承行为。

嫁妆是要带走的,因此本质上应该是可以移动的财产,法律上称为“动产”。从“嫁妆”“妆奁”之类的称呼可以知道,原意应该是指化妆品、装饰品、衣物等。不过,像《锁麟囊》中薛湘灵那样,在随身的锁麟囊里放置了“无价之宝”夜明珠和赤金链等珍宝,这嫁妆就是价值连城了。

嫁妆财物的终点

按照原来《锁麟囊》的剧本,张守贞带到卢家的这个锁麟囊，里面的珍宝后来成为卢家发家的资本，所以要特意建起小楼来供奉这个锁麟囊。现在的演出本中，赵守贞没有接受珍宝，所以特意要为赵守贞的丈夫卢胜筹在台词中加一句“功名成就免贫困”，强调卢家发家靠的是“功名”（考科举当官），而赵守贞仍然“终日感念赠囊人”。

不过从古代法律来看，一般情况下并非如此。嫁妆带到男家后，并不自动并入夫家财产，妻子仍然保留一部分嫁妆财物的所有权。比如上面所引的那条唐代《户令》明确规定，在父母去世后兄弟分家时，兄弟“妻家所得之财，不在分限”。分家时，媳妇带来的嫁妆（包括各类“资财”及奴婢），不应该计入应分财产总额。如果媳妇已经死亡，她带来的嫁妆财物也由其丈夫单独继承，既不计入应分财产总额，也不能由其娘家“追理”（讨还）。实际上这条法律就是承认了在夫家大家庭中，媳妇还是有自己嫁妆的专有权，嫁妆最终结局应该是归并入小家庭。

这项法律原则很可能是秦汉以来旧有的传统原则。在湖北云梦睡虎地秦墓出土的秦代有关法律解释的竹简中，有一条明确规定，丈夫犯罪应处以没收财产的，如果妻子并不知情，妻子所拥有的“臣妾衣物”（也就是原来出嫁时的嫁妆）作为婚前财产，不应被没收。汉朝的法律也规定，丈夫在休弃妻子时,应该把女方从娘家带来的财物(妆奁)交还女方。著名的司马相如与卓文君的故事中,卓文君以前结过一次婚,后来她丈夫去世,她回到父亲卓王孙家居住。后来她又与司马相如私奔,当起了酒店女掌柜。富翁卓王孙觉得自己的面子过不去,不得已将卓文君带回来的第一次出嫁时的"衣被财物"送还给卓文君,作为这第二次婚姻的嫁妆,分配给卓文君"僮百人,钱百万"(一百个男奴、一百万铜钱)。

这项法律原则后来在元代发生很大变化。元代大德七年(1303年),朝廷通过一项立法规定:已婚妇女如果被丈夫合法休弃、离异,或者丈夫去世后改嫁的,原有的"随嫁妆奁财产,一听前夫之家为主,并不许以前搬取随身"。只有在丈夫"无故出妻"的情况下,妻子才可以携带原来的嫁妆改嫁。按照这条法令,即便是像卓文君那样回娘家守寡的寡妇,再也不能像卓文君那样把原有嫁妆带回娘家了,原有嫁妆只能保存在夫家。

明清两代法律沿袭了元代这条法令的内容,明确规定"(寡妇)改嫁者,夫家财产及原有妆奁,并听前夫之家为主"。寡妇如果在夫家守寡,她原来的嫁妆仍然在她名下,但在她死后应由夫家的下一代平分。媳妇因为受丈夫家长辈的虐待、殴打、谋害而致残,可以离异,家长要被处刑,还要向被害的媳妇支付“养赡银一十两”；媳妇可以追回原有的嫁妆财产，带回娘家或改嫁他人。

从《锁麟囊》原来的剧情来看，符合元明清时代的情况。赵守贞获得薛湘灵赠与的珍宝，加入到了夫家的财产，成为夫家发达的“第一桶金”。

25. 寒窑探妻的法律背景——《武家坡》

架空历史的名剧

薛平贵以及他那苦守寒窑十八年的结发妻子王宝钏的故事，是最能够打动观众的传统戏曲经典主题。京剧、秦腔以及多种地方戏曲都有这个故事的系列剧目，名为“红鬃烈马”或“全本王宝钏”。

这个系列戏曲故事讲的是唐朝的事情。唐朝丞相王允有三个宝贝女儿。大女儿金钏，嫁给了户部尚书苏龙；二女儿银钏，嫁给了兵部侍郎魏虎；三女儿宝钏，受父母溺爱，在择婿上别有主意，于十字街头搭起彩楼，抛球选婿。登楼前夜，王宝钏在花园里巧遇乞丐薛平贵，产生好感。第二天抛球，果中薛平贵。王允嫌贫爱富，反悔前言。王宝钏力争不果，与父三击掌,随薛平贵出走,寒窑栖身。后来薛平贵降服红鬃烈马有功,被封为后军督府。王允又向朝廷参劾,薛平贵改任征讨西凉先锋,而苏龙、魏虎分别为正副元帅。魏虎与王允合谋,企图将薛平贵军法处置,经苏龙阻拦,遂加鞭笞,即令冲锋陷阵。薛平贵竭力苦战,获得大胜。魏虎又以庆功为名,灌醉薛平贵,缚在马上,驮至敌营。不料西凉代战公主喜欢薛平贵,坐帐招亲。薛平贵与代战公主并驾坐镇西凉。而王宝钏苦守寒窑十八年,备尝艰苦。老母亲身探望,并无懈志。薛平贵西凉射雁,得王宝钏亲笔血书,立即回国。代战公主追赶三关,薛平贵哭诉前情,公主放其归唐。薛平贵回到武家坡寒窑,夫妻相会。恰好唐朝皇帝死后,王允篡位,兴兵捉拿薛平贵。薛平贵得代战公主领兵相助,登宝殿自立为帝,王宝钏被薛平贵封为正宫娘娘。

这个系列的剧目众多,一般演出其中的部分剧目,名为“薛八出”,即《彩楼配》《三击掌》《投军别窑》《探寒窑》《赶三关》《武家坡》《银空山》《大登殿》。

这个系列剧目形成于清末民初时期。它的故事当然完全是架空穿梭的。唐朝历史记载中并没有薛平贵、王宝钏,类似的故事也不见于后代的史籍。尤其是故事结局部分,大兵出身的薛平贵得西凉国帮助登上皇帝宝座,只能是民国初年“有枪便是草头王”那种政治局面的反映。然而,完全架空的历史背景却因为夫妻忠贞不二的永恒主题而被观众忽略。老百姓更注重的是打破贵贱贫富差别的忠贞爱情,以及苦苦守望的守节妇道。而最能集中反映这一主题的,就是《武家坡》。

十八年守望

王宝钏在寒窑苦等丈夫十八年,是整部“红鬃烈马”系列剧目中最能打动观众同情心的情节。尤其是按照古代法律的规定,实际上她根本就没有苦等十八年的义务。

秦汉时期的法律规定,丈夫失踪后,妻子应该在寻找到丈夫尸体并加以安葬后,才可以改嫁。例如,《太平御览》引西汉时董仲舒“春秋决狱”案例,说是有一妇人因丈夫出海失踪,四个月后被婆婆改嫁他人。法官判决认为“夫死未葬,法无许嫁”,因此这个妇女是“私为人妻”之罪,要处以死刑。可是,董仲舒根据儒家《春秋》经的原则,认为妇女在“夫死无男”(没有留下儿子)的情况下是可以改嫁的;而且这个妇女是在婆婆主婚下改嫁的,她作为儿媳只能“听从为顺”,所以应该判其无罪。

在《武家坡》故事设定背景的唐代,法律规定像薛平贵这样在边疆地区失踪者,如果留下有儿子的,妻子满五年后可以改嫁；而如果是像王宝钏这样没有儿子的，在丈夫失踪三年后就允许改嫁。尽管宋儒鼓吹“饿死事极小、失节事极大”，可那毕竟只是伦常的最高标准，法律并不为此要求所有的普通人都要为守节而饿死。明清法律都规定，丈夫失踪只要满了三年，妻子就可以向官府申请“执照”改嫁，男方家长也不得要求追回当时定亲时的彩礼。

王宝钏在“饿死”边缘十八年，既不仰仗娘家的威势与钱财，也不另外找人改嫁，在中国传统社会里确实称得上道德楷模，女中翘楚，所以能够感动千千万万的观众。

“夫债妻还”

薛平贵从西凉归家，在武家坡前遇见王宝钏，可是夫妻相别十八年，王宝钏已经认不出薛平贵。薛平贵自忖：“想我离家一十八载，也不知她的贞洁如何？我不免调戏她一番，她若守节，上前相认。她若失节，将她杀死，去见代战公主！”

于是薛平贵为试探王宝钏是否真心守节，假扮为薛平贵的大兵伙伴，为薛平贵带回家信。信中谎称薛平贵“在营中失落了一骑马”，那马是官马，必须赔偿。“因赔马借了我十两银”。机警的王宝钏立刻发现疑点：“军营之中吃几份钱粮？”如果每人只是一份钱粮，“你二人俱是一样，你哪有银钱借与他用?”薛平贵只好胡编:“我那薛大哥,乃是风流的男子,银钱尽心花费。为军的乃是贫寒出身,故而积攒得下,借与他用。”

薛平贵假扮的军汉继续编谎:“本利算来二十两,不曾还我半毫分。”王宝钏说:“打骂也该问他要!”假军汉称:“岂不伤了朋友的和气?”又继续编下去:“二次里过营去讨要,他言道:长安城有一个王氏宝钏。”王宝钏立刻警惕:“住了!王宝钏该你的?”“不该。”“欠你的?”“也不欠。”“提她做甚?”假军汉步步紧逼:“我且问你,这父债?”“子还。”“夫债呢?”王宝钏打断:“妻不管!”

显然,薛平贵假扮的军汉要引导王宝钏讲出的是“夫债妻还”。那么“父债子还”和“夫债妻还”这样的俗谚在当时是否通行有效?

中国古代的法律里,对于债务的偿还并没有明确的规定。唐代的法律只是规定,欠债不还的,债权人首先可以扣押债务人的家庭财产;其次是在没有财产可供扣押时,可以要求债务人到债权人处服劳役来抵偿债务;最后,如果债务人逃亡而难以追寻的,可以要求“保人代偿”。不过在吐鲁番、敦煌出土的唐代文书里可以发现,很多契约后列出名字的保人往往就包括债务人的子女——“保人男”“保人女”,就是债务人的儿子和女儿。而且很多借贷契约中还有“若身东西不在,一仰妻儿还偿”的惯用语。“身东西”是死亡的隐语,表明在债务人死亡的情况下,他的妻子和子女要承担连带偿还责任。比如在吐鲁番出土的一件唐麟德二年(665 年)“张海欢贷银钱契”,上面明确规定,“若张(海欢)身东西没洛者,一仰妻儿及收后保人替偿”,在契约后面还有“保人,海欢妻郭如莲”的签署。因此,《武家坡》剧目里所说的唐代,确实有这样民间习惯,即“父债子还”“夫债妻还”。

在唐以后各代的法律里,偿还债务的担保方式仅有“保人代还”一种,法律也没有明确“保人”的含义。但在民间习惯上,借贷契约上签署为“保人”的非亲属第三人,只要没有明确声明愿意“代还”债务的,就只有督促债务人还债之义务,俗谚所谓“保人不还钱”。在整个“红鬃烈马”系列剧目成型的民国初年,当时北洋政府进行民间民事习惯调查,发现“父债子还”在各地极为常见,也就是说,债务人的儿子事实上是债务第一保证人。

“夫债妻还”的俗谚在民间并不如“父债子还”那般流行,但是按照古代的法律,如果丈夫去世、妻子守寡,妻子就成为唯一的家长,有管理家庭财产的权利,自然也就要对丈夫遗留的债务负责。因此,“夫债妻还”也是顺理成章的事,能够被当时的观众接受。

“卖妻”能否合法

《武家坡》中,为了试探王宝钏,薛平贵假扮军汉上门逼债,并挑明:“大哥无钱将妻卖,将大嫂卖与当军的人。”王宝钏悲愤难平,“指着西凉高声骂,无义的强盗骂几声。妻为你不把那相府进,妻为你丧了父女情”。为了还债,她不得不挑明自己的家庭身份:“我父在朝为官宦,府上金银堆如山。本利算来有多少?命人送到那西凉川。”可薛平贵假扮的军汉一口咬定:“西凉川一百单八站,为军要人我不要钱。”又加以利诱:“腰中取出银一锭,用手放在地平川。这锭银,三两三,拿回去,把家安。买绫罗,和绸缎,做一对少年的夫妻咱们过几年。”结果被王宝钏臭骂:“这锭银子我不要,与你娘做一个安家的钱。买白布,缝白衫,买白纸,糊白幡,做一个孝子的名儿在那天下传。”于是“军汉”做出要强抢成婚的样子,“为军的起下这不良意,一马双双往西凉川。上马呀!”王宝钏撒黄土弄迷了“军汉”的眼睛,赶紧逃回寒窑。

王宝钏见来者不善,试图威胁:“我进相府对父言,命几个家人将你拴。将你送到那官衙内,打板子,上枷棍,丢南牢,坐监禁,管叫你思前容易你就退后的难。”可那“军汉”也很老道:“大嫂说话理不端,卑人哪怕到当官。衙里衙外我打点,管叫大嫂你断与了咱。”薛平贵跟到寒窑前亮明了身份,夫妻才得以团圆。

从上述的情节及台词来看,似乎官府以及法律都是保护“卖妻”交易的,但这其实是对法律极大的误解。在《武家坡》所描述的唐代法律里,明文禁止家长出卖家庭成员。法条本身没有规定卖妻行为应如何处置,而是在法条的法定解释“律疏”中说明,夫妻是“为百代之始,敦两族之好”,如果丈夫“卖妻为婢”,双方的关系立即“离异”,丈夫出卖妻子的行为等同于家长出卖卑幼(晚辈亲属)以外的“余亲”,是要比照买卖人口罪名来处置:卖为婢女的,丈夫要处绞刑;卖为他人妻妾的,要判处徒刑三年。明清时期的法律依然保持这一原则,卖妻为婢的要处杖一百、流三千里;出卖妻子为他人妻妾的,处杖一百、徒三年。买方知情的同罪,不知情的减刑。夫妻关系也立刻解除。

因此,王宝钏在得知薛平贵将自己出卖时,恼怒得不再叫“夫君”,而是大骂“西凉强盗”。假扮的“军汉”要闹上衙门去,也还是要靠“衙里衙外我打点”,公然开庭的话是没有办法“管叫大嫂你断与了咱”。

26. 钻法律空子的活教材——《花为媒》

新编的传统剧目

评剧《花为媒》，也叫《张王巧配》《张五可》，由评剧艺术的开创者成兆才（1874—1929年）在民国初年编写。该剧取材于《聊斋志异》中的《寄生》，剧情并不复杂，但是曲折而出乎观众意料；尤其是唱词与对白优美而幽默，广受观众好评。因此，该剧一直是评剧的著名传统剧目，久演不衰，常演常新。二十世纪五十年代剧本再被修改，并于1963年被拍摄成彩色艺术电影，由新凤霞、赵丽蓉等主演，风靡一时。

《花为媒》本身是个典型的才子佳人的故事。书生王俊卿爱上表姐李月娥，两人借走亲戚往来说情话，但是被李月娥的父亲阻拦。而同乡美少女张五可，久慕王俊卿的才情，经媒婆阮妈的说动，表示愿意嫁给王俊卿。想不到阮妈到王家提亲，又被思念李月娥的王俊卿拒绝。张五可误以为王俊卿看轻自己，愤愤不平，经阮妈设计，将王俊卿引到花园，两人相会。王俊卿被张五可的美貌所倾倒，两人以花为媒，订立婚约。李月娥听说王俊卿将娶张五可，抑郁而病。其母爱女心切，在王俊卿成亲那天，抢先将李月娥装扮好送到王家，因为李月娥顶着头盖，王家不知真假，先将李月娥送到洞房。张五可花轿后到，双方纠纷一场。最后以王俊卿一娶两美的大团圆结局收场。

1949年后，为适应新的社会形势，剧目进行了改动，增添了王俊卿的表弟贾俊英这个角色，花园相会定情被改为贾俊英顶替王俊卿与张五可相会。最后，王俊卿和李月娥、贾俊英和张五可喜结良缘。这番改动，是要突出宣传婚姻自由、自主追求爱情的主题。

表兄妹能否成婚

《花为媒》一开场就表明了李月娥和王俊卿两人的表姐弟之恋。李月娥唱词："今天我到舅舅家中去拜寿，喜的是又看见俊卿，我们离别已三年。表姐弟从幼小儿，青梅竹马情深意远，他有心我有意，他心我意紧相连。"李月娥的母亲有意让女儿与王俊卿交往,而李月娥的父亲加以阻拦:“你懂什么呀,男女授受不亲!”李月娥母亲回答:“什么不亲哪?他们是表姐和表弟。正是亲上加亲。”李月娥父亲就此认定王俊卿举止轻浮,反对两人成婚。

而在蒲松龄的《寄生》这个故事中,男主人公寄生痴情的对象也是他的表妹郑闺秀,因思念成病,父母为此请媒人去提亲。郑闺秀的父亲是个秀才,“性方谨,以中表为嫌,却之”,就是说郑秀才性格很谨慎,认为两家是中表亲,不应该成亲,加以拒绝。

显然,在这个情节上,《花为媒》的近代编剧认为表兄妹结婚是正常的,而蒲松龄作为那个时代的作者,知道表兄妹结亲是违法的。

就中国古代法律来说,明代以前的法律并不禁止表兄妹结婚。中国古代将父亲姐妹(姑母)的子女称为“外兄弟姐妹”,将母亲兄弟(舅父)姐妹(姨母)的子女称为“内兄弟姐妹”;外为表,内为中,统称为“中表亲”。明朝以前,只有西魏在大统九年(公元543年)曾发布法令,“禁中外及从母兄弟姊妹为婚”。后来唐宋元各代,法律对此并不禁止。

明代统治者在立法的时候,认为蒙元统治者在入主中原时期传入的一些蒙古人的婚姻习惯是对汉族传统文化的“污染”,特意加强对于亲属之间婚姻的限制。因此,《大明律》明文规定:“若娶已之姑舅两姨姊妹者,杖八十,并离异。”表兄妹结婚的要强制离异,女方归还父母家,聘礼全部归官府没收。“杖八十”的处罚,是针对主婚的尊长。

当时翰林待诏朱善上书,说历代法律从不禁止中表结亲,禁止的只是与姑舅姨结婚这样乱了辈份的婚姻。而且在春秋的时候,列国都是世代表亲通婚。现在法律这样规定,一些人借机以揭发他人中表亲结婚来进行讹诈,导致已婚的离异,有子女的骨肉相离。他请求讨论松弛这条禁令。朱元璋先是同意,可是不久在他亲自发布的《御制大诰》特别法令里,又将表兄妹结婚列为“罪不容诛”的死罪。

清朝沿用了明朝的法律,中表亲结婚的禁令依然存在。因此在蒲松龄写作《寄生》时,郑闺秀的父亲作为一名应知礼法的秀才而有所顾忌就是很自然的。实际上就在蒲松龄去世(1715 年)后不久的雍正八年(1730 年),朝廷制定条例,明确凡是中表亲结婚的,“听从民便”,不再禁止。民间本来就盛行中表亲“亲上加亲”,清朝这一立法,使得原有习俗得以完全合法。

在《花为媒》创作的民国初期,仍然沿用的是清代的法律,因此作者成兆才不能设计以中表亲结婚违法作为王俊卿与李月娥婚事的障碍,只好设计李月娥父亲认定王俊卿“举止轻薄”,以此来反对。后来在1931年颁布的《中华民国民法》中,禁止八亲等以内的旁系亲属结婚(表兄妹只是四亲等),但对于表兄妹结婚仍然采用遵从民间习惯的原则,明确“表兄弟姊妹”结婚不在禁止之列。这个原则在1950年的《中华人民共和国婚姻法》中仍然延续,因此,新版的《花为媒》依旧保留了相关的情节。但是1980年公布实施的《中华人民共和国婚姻法》明文禁止三代以内的旁系亲属结婚,自此,在当代中国,像《花为媒》这样的表兄妹结婚就是不合法的了。

一夫能否二妻

《花为媒》中另一个与婚姻法有关的问题,就是一夫能否二妻?在旧版剧作中,王俊卿最后确实娶了李月娥、张五可两位妻子,这难道也是当时法律允许的?

中国很早以前就确立了“一夫一妻多妾”制的婚姻原则。所谓一妻,是指一个男子只能有一个正妻。即使贵如天子,也只能有一后。这是出于确保宗法继承制正常运作的需要,即只能由嫡长子继承父亲的权位,而只有正妻所出称嫡子,其余均为庶出,无论其年龄长幼。在嫡子中以最年长者为首。现实生活中往往出现正妻无所出,或始终不能生养男性后嗣的情形,因此,必须采取纳妾的办法补救,其出发点主要是为了在男权中心的前提下能够延续宗族的血脉。据儒家经典的说法,西周时天子娶后,后之国随嫁二女,同姓三国之女随嫁各三人,后连同这些随嫁的侄或妹共十二女;诸侯娶异国之女,则两国要有陪嫁的妾媵随往,因此一娶九女;卿大夫娶同国之女,其侄或妹应随嫁为媵妾;士可以有一妻二妾或一妻一妾;而庶人唯有一妻,即所谓"匹夫匹妇"。

我们来看看在《寄生》中蒲松龄是怎样解决问题的。郑闺秀知道寄生将与张五可结婚,心情郁闷,由此病重。母亲知道后,悲痛不已,指责迂腐的老公郑秀才:"我的侄儿人不坏,为什么你为了守自己的'头巾戒',要害死我的乖女儿!"她想出的解决办法是,索性让郑闺秀以妾的身份嫁给寄生。可是郑秀才更光火,反而说:"你生出这样没出息的女儿,还不如早早死掉,免得落下笑柄!"由此夫妻反目,不再交谈。郑闺秀的母亲在寄生结婚那天,借口帮侄儿办喜事回娘家,先借用寄生准备去迎亲的婚车,乘机将郑闺秀打扮整齐,要仆从大吹大擂,直接送到洞房,挟持寄生先拜了天地。那边张家见寄生家迎新的车马不来,也径直把张五可打扮送到寄生家,在另一个房间落脚。寄生和母亲两边周旋,于是以两位新娘的年纪为序,闺秀为"姊",五可为"妹"。张五可见闺秀"风致宜人",自叹不如,从此“相爱如姊妹”。实际上蒲松龄的安排还是闺秀为妻、五可为妾,没有直接去抵触一夫一妻多妾的既有体制。

在民间,确实有所谓“两头大”的婚姻,一般主要是长期在外经商的商人在外地另外娶妻,或者是男方作为独子出继伯叔父,“两房隔一子”,分别娶两妻,所生子女分属两房之后。不过这些都是民间“陋俗”,不能被法律承认,也难以在戏剧中被公然表现。因此《花为媒》里的王俊卿一夫二妻,堪称例外。

那么王俊卿为什么没有构成“重婚罪”?

中国历代法律都有重婚罪的规定。比如公元七世纪时的《唐律疏议》规定:“诸有妻更娶妻者,徒一年;女家,减一等。”如果男家是欺诈而娶,要加重处徒一年半;女家不坐;后婚撤销。法律解释上认为“日见于甲,月见于庚,象夫妇之义”,即婚姻双方如日月对峙;“一与之齐”,即结婚后,就要一起奉承祖宗、家长。所以,有了妻子后再另娶的,要处徒一年的刑罚。“一夫一妇,不刊之制。”明清时的法律仍然如此规定:“有妻更娶妻者”,处以“杖九十”的刑罚,后娶之妻强迫离异。

在《花为媒》编演的民国初年时期,法律也继承了传统。辛亥革命后,民国政府继承了清末公布的“新刑律”(原名《大清新刑律》,革命后略加删修,改称《暂行新刑律》),其中有关重婚罪的规定如下:“有配偶而重为婚姻者,处四等以下有期徒刑或拘役。其知为有配偶而与为婚姻者亦同。”四等有期徒刑,是指三年未满、一年以上的有期徒刑。除了将重婚罪的主体改为男女双方外,该条用语和古代相当接近。1928 年中华民国第一部正式刑法仍然维持该条规定。1931 年颁布的《中华民国民法》中也有同样的禁止性表述:“有配偶者,不得重婚。”

然而,这条法律的历来习惯用语,实际上却存在一个很大的漏洞:假如是像《花为媒》里王俊卿那样同时与两位女子结婚,是否算重婚?在古代社会环境里,这并不构成很大的问题,因为当时还可以援引礼教的原则来禁止,万一发生纠纷,法官完全可以援引“不应得为”的法律条文(历代法律都规定,法官对于任何他认为是不应该做的事情,都可以使用刑罚处罚,处以笞四十到杖八十)来处理。可是,《暂行新刑律》以及后来民国时期的刑法典都号称采纳“罪刑法定原则”,即“法无明文不为罪”。既然重婚罪条文在设置上没有明确尚未有配偶的一人同时与两人以上结婚是否构成重婚罪,那么任何司法机关都不能够据此行为来判定罪名成立。

由此看来,《花为媒》这出剧目确实可以算是教人钻法律空子的活教材。只要李月娥和张五可两人相安无事,李家与张家不起纠纷而互相争讼,王俊卿一夫二妻就是既成事实,既没有检察官去追究他的重婚罪,也没有法官可以判决李月娥或张五可其中的一位应该跟王俊卿离异。

这个法律漏洞,后来是在1935年中华民国第二部正式刑法典公布实施时才得以补上。这部刑法典关于重婚罪的专门条文里明确规定:"有配偶而重为婚姻,或同时与二人以上结婚者,处五年以下有期徒刑。"

后记

这本书从开写到成书，经过了很长的时间。

先是因为《法律与生活》杂志的约稿。我从古典文学名著中的法律文化这个题目写起，由中国而西方，连载了几十期，自我感觉有点“江郎才尽”，想要换个题目写写。正好，那时为学生做讲座，谈过包公戏的法律文化意义，由此想到可以写写传统戏曲里反映的法律文化问题。于是，我就以每月一篇的节奏给《法律与生活》杂志写稿，持续了一两年，积累了十几篇文字。

2010 年，北京大学出版社约稿，要求我写一本法律文化的小书。恰好我在《法律与生活》杂志的连载也告一段落,就把这个系列的文章改编成了一本书。编辑郭薇薇为这本书作了很多文字整理工作,并确定了书名《金龙难娶玉堂春——中国传统戏曲的法眼解读》。该书于 2012 年 1 月出版。

十多年过去了,我又积累了若干涉及戏曲中的法律文化问题的资料。2024 年,法律出版社提出再版这本书,我便应约对这本书进行了大幅增补,将篇目从原来的十八篇扩充到了二十六篇,文字篇幅增加了约三分之一,同时也对全文进行了修订。

我的青少年时代是一个舞台上只有样板戏的时代,这让我熟悉了京剧的基本旋律。可是,这样的无休止灌输,很难培养起对戏曲艺术的热爱,至少对我来说是这样。在传统戏曲恢复演出以后,我并没有看过太多,算不上是传统戏曲的爱好者。只是因为《秦香莲》的深入人心,以及《包青天》等依据戏曲故事改编的电视剧的走红,才让我对传统戏曲所表现出来的法律观念发生了兴趣,并开始了一些整理和分析工作。

我根本没有成为戏曲专家的奢望,这本书也绝对不是戏曲评论方面的专著。这部小书只是试图给读者一个新的视角——也许并不是一个仰视的角度,但至少可以对读者形成“立体视野”有所帮助。

郭 建

2024 年仲春

图书在版编目（CIP）数据

古人的天平. 下卷, 透过传统戏曲看法律文化 / 郭建著. -- 北京 : 法律出版社, 2025. -- ISBN 978-7-5197-9982-3

I. I206.2；D909.2

中国国家版本馆CIP数据核字第2025X0V877号

古人的天平（下卷）
GUREN DE TIANPING （XIAJUAN）

作　　者：郭　建
责任编辑：柯　恒
装帧设计：鲍龙卉
出版发行：法律出版社
编辑统筹：学术·对外出版分社
责任校对：王晓萍　裴　黎
责任印制：胡晓雅　宋万春
经　　销：新华书店
开　　本：880 毫米 × 1230 毫米　1/32
印　　张：8.375
字　　数：134千
版　　本：2025年3月第1版
印　　次：2025年3月第1次印刷
印　　刷：永清县金鑫印刷有限公司
书　　号：ISBN 978-7-5197-9982-3
定　　价：58.00元

销售电话：010-83938349　客服电话：010-83938350　咨询电话：010-63939796
地　　址：北京市丰台区莲花池西里7号(100073)
网　　址：www.lawpress.com.cn
投稿邮箱：info@lawpress.com.cn
举报盗版邮箱：jbwq@lawpress.com.cn
凡购买本社图书，如有印装错误，我社负责退换。电话：010-83938349